곰의 부탁

곰의 부탁

진형민 소설

문학동네

차례

+ 곰의 부탁 +

차마 거절할 수가 없었다.

나는 빽하면 곰을 찾아가 아쉬운 소리를 했다. 엄마 모르게 돈이 필요할 때도, 급히 알바 대타를 구해야 할 때도 제일 먼저 곰한테 가서 잉잉거렸다. 그런데 곰은 나한테 뭘 부탁한 적이 거의 없었다.

"그래, 가자."

그동안의 빚을 한 방에 갚을 수 있는 기회였다. 곰의 표정을 보니 더 그런 생각이 들었다. 내 앞에서 곰이 세상을 다 가진 얼굴로 웃고 있었다.

솔직히 말하면, 썩 내키는 제안은 아니었다. 한겨울에 바닷가라니, 생각만 해도 머리통이 오그라드는 것 같았다. 나는 어릴 때부터 추운 건 딱 질색이었다. 그래도 어쩔 수 없었다. 다른 누구도 아닌, 곰의 부탁이었다.

엄마는 곰이랑 같이 바다 보러 간다는 말에 왜 자꾸 애를 귀찮게 하느냐고 뭐라 했다. 마치 내가 곰을 부추겨 여기저기 쏘다닌다는 투였다. 억울해서 말이 안 나왔다. 나는 방학 끝날 때까지 신발도 안 신고 방에 콕 처박혀 있고 싶은 사람이다. 알바만 아니었다면 진짜로 그랬을지도 모른다. 엄마는 나에 대해 몰라도 너무 몰랐다.

금요일 저녁, 곰이 우리 집으로 왔다. 나는 롱패딩 지퍼를 끝까지 채우고 모자를 뒤집어쓴 다음 그 위에 목도리를 친친 두르고 있었다. 곰은 현관에 서서 엄마랑 얘기를 했다. 바다까지 기차로 얼마나 걸리는지, 거기 가서 어떤 음식을 먹을 예정인지, 내일 기온이 몇 도까지 떨어지는지, 뭐 그런 얘기였다. 곰은 내 것까지 핫팩을 여러 개 챙겼다며 자기 가방을 툭툭 쳤다.

엄마는 곰을 좋아했다. 그럴 만도 했다. 뭔 말인지 알아먹게 차분차분 말하는 남자애는 흔치 않았다. 저번에는 나를 붙잡고 결혼은 곰 같은 남자랑 해야 한다고, 그래야 여자가 마음고생을 안 한다고 했다. 엄마는 곰에 대해서도 아는 게 별로 없었다.

양말을 두 개 겹쳐 신었더니 운동화가 꽉 꼈다. 발을 겨우 구겨 넣고 곰이랑 같이 나왔다.

"어디서 만나기로 했어?"

"청량리역에서."

나와 곰, 둘이서만 가는 게 아니었다. 한 사람이 더 있었다.

양은 벌써 와서 우리를 기다리고 있었다. 아주 오랜만에 보는데 생각보다 얼굴빛이 괜찮았다. 곰은 양을 걱정하느라 빰이 다 핼쑥해졌다.

근처 편의점에 들어가 기차에서 먹을 것들을 샀다. 나는 불고기도시락과 참치크래커와 복숭아음료수를 차례로 집어 들고 계산대로 갔다.

"더 안 골라?"

곰이 물었다. 안 그래도 감자칩을 살까 말까 고민 중이었다.

"하나만 더……."

사도 되냐고 물어볼 참이었다. 바다까지 같이 가 주기만 하면 뭐든 자기가 다 쏘겠다고 곰이 그랬다. 그런데 나한테 한 말이 아니었다. 곰은 양을 보고 있었다. 양은 커피우유를 하나 들고 문 옆에 서 있었다.

"……하나만 더 사야지. 음음, 뭐가 좋을까."

아무 말이나 흥얼대며 과자 진열대 쪽으로 갔다. 꽤 자연스러웠다. 나의 순발력에 나도 가끔 놀라곤 한다. 힐끗 보니, 곰이 계산대 위에 삼각김밥을 하나 더 올려놓고 있었다.

기차에는 사람들이 많았다. 밤 기차 타고 바다 보러 가는 사람이 이렇게 많을 줄 몰랐다. 양이 창가 쪽에, 곰이 그 옆에 나란히 앉고 나는 통로 건너편 자리에 앉았다.

곰하고 눈이 마주쳤다. 나는 먹을 것이 잔뜩 들어 있는 내 비닐봉지를 손가락으로 가리켰다. 나는 이거 다 먹고 잘 테니까 나한테 신경 끄라는 뜻인데 알아들었는지 모르겠다. 불고기도시락을 꺼내 뚜껑을 열었다. 아까부터 배가 고팠다.

나는 배가 고프면 기분이 확 가라앉는다. 졸지에 성냥팔이 소녀가 된 것처럼 서글픈 마음까지 든다. 대신 배가 부르면 세상에 크게 불만이 없다. 감사 기도가 절로 나온다.

초등학교 4학년 때 처음 교회에 갔다. 같은 반 애가 성경학교에 가자고 나를 꼬드겼다. 목사님 부인이 직접 구운 컵케이크를 나눠 준다는 얘기를 듣고 순순히 따라갔다. 교회 문을 여는데 사방에서 빵 냄새가 달려들었다. 천국이 따로 없었다.

노래를 몇 곡 부르고 게임을 하고 주기도문을 외운 다음 줄 서서 컵케이크를 받았다. 설탕을 녹여 부은 것처럼 안쪽까지 달고 촉촉했다. 내 몫을 잽싸게 먹어 치우고 다시 나가 줄을 섰다. 붉은 조끼를 입은 아줌마가 컵케이크를 하나 더 집어 주었다.

"두 개 주시면 안 돼요?"

내가 물었다. 다 먹고 또 나오기가 귀찮아서 그랬다.

"너 아까 하나 먹었잖아. 한 사람이 두 개까지만 먹을 수 있어."

아줌마는 내 얼굴을 기억하고 있었다.

"한 개는 친구 주려고요. 친구가 받아 달라고 했어요."

거짓말이 술술 나왔다. 타고난 순발력일 수도 있다. 나는 기어이 컵케이크를 두 개 받아 자리로 돌아왔다. 이제 더는 받을 수 없으니까 아껴 먹어야지 생각하면서 한쪽 귀퉁이를 조금 베어 물었다. 그러다 기분이 이상해서 고개를 들었는데, 붉은 조끼 아줌마가 멀리서 나를 보고 있었다. 친구에게 진짜로 컵케이크를 갖다주는지 확인하려는 것 같았다.

얼른 옆자리를 돌아봤다. 나를 교회에 데려온 애가 보이지 않았다. 언제 나갔는지 줄 맨 끝에 서 있었다. 아줌마는 계속 나를 보고 있고, 아무리 생각해도 더 좋은 방법이 떠오르지 않았다. 나는 반대편 옆자리로 몸을 돌려 거기 있는 남자애에게 컵케이크를 하나 내밀었다. 아깝지만 어쩔 수 없었다. 그 애는 내 컵케이크를 받아 들고 고맙다는 말도 하지 않았다.

집에 갈 때 남자애를 다시 만났다. 그런데 내가 준 컵케이크를 그때까지 안 먹고 손에 들고 있었다.

"야, 너 그거 왜 안 먹어?"

"먹기 싫어서."

"그럼 내가 먹어도 돼?"

그 애가 나한테 컵케이크를 도로 주었다. 이렇게 맛있는 걸 싫어하다니 참 이상한 애도 다 있다고 생각했는데, 알고 보니 목사님 아들이었다.

"난 빵이라면 아주 지긋지긋해."

곰은 지금도 빵을 싫어한다. 나도 요새는 빵이 별로다.

히끅히끅, 양의 웃음소리가 들렸다. 양은 목구멍으로 바람 소리를 내며 웃었다. 그래서 연극할 때 선생님한테 자주 혼이 났다.

"그렇게 웃으면 관객한테 소리가 들리겠냐? 배에 힘을 주고 웃어야지!"

나는 미술 동아리로 가려다 곰을 따라 연극 동아리에 갔다. 무대미술을 맡으면 그림도 실컷 그릴 수 있다고 곰이 같이 가자고 했다. 곰은 교회에서 자주 연극을 했다. 잘한다는 소리도 많이 들었다.

어느 날 동아리 선생님이 「로미오와 줄리엣」 대본을 가져왔다. 학교 축제 때 공연할 작품을 고르는 중이었다. 아이들이 대본을 읽고 술렁였다. 하도 유명한 얘기라 줄거리를 모르지는 않지만 대본을 제대로 읽은 것은 다들 처음이었다. 이걸 한다고? 하면 안 되냐? 둘이 첫눈에 꽂혀서 갈 데까지 가는 얘긴데? 뭘 갈 데까지 가? 제대로 하는 것도 없고만. 그래도 학교에서 하라고 하겠냐? 우리가 언제부터 그렇게 학교 말을 잘 들었냐?

그런데 선생님이 배짱 좋게 말했다.

"로미오와 줄리엣이 다 너희 또래인데 너희가 이걸 해야 진짜지. 그래, 안 그래?"

아이들이 와아아 소리를 질렀다.

창밖이 깜깜했다. 드문드문 불빛이 보이다가 금세 또 멀어졌다. 내 옆자리는 쭉 비어 있었다. 처음에는 아무도 앉지 않아 다행이라고 생각했다. 모르는 사람과 밤새 기차를 타는 일이 유쾌할 리 없었다. 이상한 아저씨라도 걸리면 몸을 잔뜩 오그리고 몇 시간을 버텨야 했을지도 모른다. 그런데 기차 안에 혼자 앉아 가는 사람이 아무도 없었다. 손만 뻗으면 닿을 곳에 곰이 있는데도 바로 고개 돌려 속닥일 사람이 없어 좀 쓸쓸했다. 엄마한테 문자를 했다.

기차 탔어.

한참을 기다려도 답이 없었다. 잠이 들었는지, TV를 보는지, 아니면 때는 이때다 하고 누구랑 밤거리를 쏘다니는지. 흥, 뭘 하든 말든. 마음이 상하려고 했다.

곰이 나를 툭툭 치더니 손을 내밀었다. 손바닥 위에 노란 은박지로 싸인 초콜릿이 하나 있었다. 양이 좋아하는 초콜릿이다.

"이 아줌마가 내 문자를 막 씹는다? 요즘 하는 짓이 완전 수상해. 진짜 뭐가 있다니까."

내가 전화기를 들고 얼굴을 찌푸리자 곰이 웃었다. 양은 아무 말 없이 내 표정을 살폈다. 웃자고 한 말인데 웃기지 않았나 보다. 나는 양을 향해 히죽 웃어 주고 초콜릿 껍질을 까서 입에 넣었다. 양은 원래 말이 없었다.

배역을 정하던 날, 연습실에는 팽팽한 긴장감이 흘렀다. 모두가 원하는 역을 얻을 수는 없었다. 몇몇 역할은 정식으로 오디션까지 치렀다. 로미오 역을 노리는 아이가 가장 많았다. 거의 모든 남자애들이 앞에 나와 한 번씩 대사를 읊고 들어갔다. 자신감이 넘치는 건지, 객기를 부리는 건지 알 수 없었다.

"내가 누군가를 사랑했다고? 내 눈이여, 어서 아니라고 말해 다오. 나는 지금까지 진정한 아름다움을 본 일이 없도다."

줄리엣을 처음 본 순간 로미오가 내뱉는 말이다. 그냥 "와, 예쁘다!" 하면 될 것을, 참 길게도 빙빙 돌려 말했다. 로미오만 그런 게 아니라 연극에 나오는 인물들이 다 그랬다. 아무리 몇백 년 전에 쓰인 희곡이라지만, 듣고 있으면 답답하기 짝이 없었다.

오디션을 지켜보던 여자애들은 로미오 역으로 하나같이 곰을 찍었다. 곰보다 잘생긴 애들도 여럿 있었지만 곰의 목소리에는 묘한 끌림이 있었다. 길고 답답한 대사들을 진짜처럼 믿게 만드는 힘이었다. 결국 곰이 로미오가 되었다.

나는 스태프였다. 무대미술만 하면 되겠거니 했는데 온갖 잡일을 다 떠맡아야 했다. 배우들은 뭔가 필요한 게 있을 때마다 나를 찾았다. 자기들은 대사 연습하느라 바쁘다며 나를 노는 사람 취급했다. 선생님도 한 번씩 내 속을 뒤집었다. 발코니 그림을 그리라고 해서 며칠 동안 옛날 영국 건물 사진을 찾아 헤맸는데, 갑자기 그림은 됐고 '우아하고 클래식한' 무늬의 벽지를 구해 오라고 했다. 나중에는 애들 간식까지 사다 날라야 했다. 나 혼자였으면 못 한다고 진작 내뺐을 텐데 곰 때문에 그러지 못했다.

학교 안에 공연 소식이 점점 퍼졌다. 연습실 창문을 기웃대는 애들도 있었다. 구경거리가 별로 없는데도 그랬다. 너희가 안 하면 이걸 누가 하느냐고 큰소리치던 선생님은 처음 가져왔던 대본을 뭉텅뭉텅 잘라 내고 새로 짧게 고쳐 썼다. 덕분에 로미오와 줄리엣이 손잡고, 끌어안고, 얼굴을 가까이 대는 장면들이 전부 날아갔다. 선생님이 공연 시간 때문에 어쩌고저쩌고하면서 이유를 길게 늘어놓았지만 그 말을 믿는 사람은 아무도 없었다. 큰소리 땅땅 칠 때 알아봤어야 했다.

재밌게 놀다 와.

엄마한테 답 문자가 왔다. 비닐봉지 안에 하나 남아 있던 과자를 마저 꺼내 뜯었다. 엄마가 잠을 자든 TV를 보든 누구를 만나 연애를 하든 말든, 나는 상관없었다. 엄마가 어디서 뭘 하든 엄마는 여전히 내 엄마고, 그 사실은 무슨 일이 있어도 달라지지 않는다. 과자를 다 먹고 나면 아마 더 괜찮아질 것이다.

오줌을 안 누고는 살 수 없을까 가끔 생각한다. 스위치를 올릴 때만 오줌이 마려우면 좋겠다. 그러면 밤에 잠잘 때나 영화 보러 극장 들어갈 때나 고속버스 타고 어디 갈 때는 스위치를 내리고 마음 편히 있을 텐데. 나는 오줌이 자주 마려운 편이다. 엄마는 내 오줌보가 다른 사람들보다 작아서라고 했다. 나는 물 마실 때도 컵에 가득 따라 쭉쭉 마셔야 성이 차는데 오줌보가 남들보다 작다니, 비극이 따로 없었다.

기차 화장실을 다녀오는 길이었다. 아까 양한테 나는 기차 타는 걸 좋아한다고 말했다. 양이 괜히 미안해할까 봐 아무 말이나 지껄였다. 그런데 정말로 기차가 좋아졌다. 기차에 화장실이 있다는 사실이 문득 마음에 들었다. 그 이유만으로도 나는 평생 기차를 좋아할 수 있다.

곰과 양은 잠이 들었다. 곰은 어젯밤에 잠을 한숨도 못 잤다고 했다. 아마 양도 그랬을 것이다. 둘은 자면서도 손을 잡고 있었다.

"친구끼리 손 좀 잡으면 안 되냐? 나도 맨날 곰이랑 손잡는데, 뭐? 그래서, 뭐?"

애들을 붙잡고 따진 적이 있다. 뒤에서 수군대는 소리를 듣고 가만있을 수가 없었다. 교회 수련회 가서 놀 때는 애들끼리 손도 잡고 팔짱도 끼고 엉덩이를 툭툭 부딪기도 한다. 그렇게 게임도 하고 춤도 춘다. 여자애고 남자애고 누구나 다 그랬다.

양은 머큐시오 역을 맡았다. 초반에 칼에 찔려 죽고 그 뒤로는 다시 등장하지 않아서 좀 시시해 보일 수 있는 역이었다. 그런데 양은 처음부터 머큐시오를 원했다. 그러니까 로미오 역 오디션을 보지 않은 몇 안 되는 남자애들 중 한 명이었다. 선생님도 아마 그 점을 높이 사지 않았을까 싶다. 양은 어렵지 않게 로미오의 친구 머큐시오가 되었다.

"더 끌어안아! 친구가 죽었는데 그게 뭐야!"

선생님이 버럭 소리를 질렀다. 연습이 며칠째 지지부진했다. 새로 고쳐 썼다고는 하지만 옛날 말투의 대사들이 배우들 입에 착 붙지 않고 자꾸 겉돌았다. 처음부터 끝까지 대사를 제대로 외운 애는 곰밖에 없었다.

그런데 곰이 자꾸만 머뭇거렸다. 친구 머큐시오가 줄리엣 사촌의 칼에 찔려 쓰러지고 로미오가 달려가 울부짖는 장면이었다. 뒤이어 줄리엣 사촌을 죽이고 비극적인 사랑을 시작해야 하기 때문에 적당히 넘길 수 없는 장면이기도 했다.

"처음부터 다시!"

선생님 목소리가 심상치 않았다. 아이들이 구석구석에서 숨을 죽이고 연습을 지켜봤다. 로미오와 머큐시오가 다시 등장하고, 줄리엣 사촌과 시비가 붙고, 머큐시오가 칼에 찔리고, 로미오가 달려가 주저앉았다.

"머큐시오! 안 돼. 날 두고 가지 마. 머큐시오!"

곰이 머큐시오를 힘껏 끌어안았다. 잠시 정적이 흘렀다.

"그래, 지금 좋아. 그 감정 잊어버리지 말고. 자, 다음 장면!"

곰이 천천히 고개를 들었다. 얼굴이 벌겋게 달아올라 있었다.

그 주 토요일 아침, 지하철을 타고 동대문시장에 갔다. 제단을 덮을 천이 필요했다. 줄리엣이 죽은 듯이 누워 있어야 하는 지하 무덤 속 제단이었다. 선생님은 '가장 싸게 먹히면서도 고급스럽게' 제단을 꾸미라고 했다. 나는 이번 공연만 하고 동아리를 나

가야지 도저히 안 되겠다고 투덜대면서도 부지런히 방법을 궁리했고, 책상을 여러 개 붙인 다음 검은 벨벳 천을 덮기로 결정했다. 가짜 백합을 사서 테두리를 장식하면 그런대로 제단 분위기가 날 것 같았다. 곰에게 같이 가자고 졸라서 데리고 갔다. 짐 들어 줄 사람이 필요했다.

나는 레이스 가게 앞에서 계속 망설였다. 벨벳 천에 은빛 레이스를 두세 겹 두르면 훨씬 근사할 것 같은데 가격이 만만치 않았다. '싸게 먹히는 것'과 '고급스러운 것' 중 뭐가 더 중요한지 선생님한테 물어보려고 전화를 했는데 받지 않았다. 조금 있다 다시 전화하려고 시장 구석 계단에 걸터앉았다. 곰이 자판기에서 사이다 캔을 뽑아 와 내밀었다.

"이탈리아에서 발견된 사람 뼈 얘기 알아?"

"아니, 몰라. 뭔데?"

나는 살인이나 암매장 같은 얘기인 줄 알았다. 곰의 눈빛이 어쩐지 심각해 보였다.

"몇 년 전에 이탈리아에서 오래된 뼈가 발견됐어. 두 사람이 나란히 누워 있는 뼈."

"헉, 두 사람이나 죽인 거야?"

그제야 곰이 웃었다.

"누가 죽인 거 아니고, 그냥 무덤에 있던 뼈야. 로마 시대 때 살던 사람들인데, 둘이 손을 잡고 죽어 있더래."

이야기의 장르가 스릴러에서 로맨스로 넘어가고 있었다. 로맨스는 좀 시시한데 싶었다.

"그게 뭐? 그 동네 로미오와 줄리엣이었나 보지."

"사람들도 다 그렇게 생각했어. 그래서 신문에 '모데나의 연인들'이라고 기사도 실렸고. 모데나는 그 무덤이 있던 도시 이름. 그런데 얼마 전에 전문가들이 그 뼈들을 가지고 새로 유전자 검사를 한 거야. 그리고 결과가 나왔는데……."

"헐, 가짜 뼈였구나?"

로맨스에서 다시 사기극으로 넘어가려는 순간이었다.

"아니, 가짜는 아니고, 둘 다 남자였대."

곰이 나를 봤다. 나는 어떤 표정을 지어야 할지 몰라 그냥 있었다. 갑자기 이야기의 장르가 헷갈렸다. 그럼 코미디인가 싶었는데, 곰의 얼굴이 조금도 웃고 있지 않았다.

엄마는 아빠를 처음 본 순간 가슴이 떨렸다고 했다. 말도 한마디 하기 전에 벌써 '아, 나는 이 사람을 좋아하겠구나.' 했다는 것이다. 엄마가 나를 위해 없는 얘기를 지어냈다고는 생각하지 않는다. 그렇다고 나까지 "꺄악! 어떡해! 멋있어!" 할 수도 없었다. 엄마는 그 대가를 아주 오랫동안 치르는 중이니까.

나는 곰이 대가를 너무 오래 치를까 봐 걱정이었다. 남들 앞에서는 "그래서, 뭐? 뭐?" 하면서 별거 아닌 척했지만 정작 내가 곰

얼굴을 똑바로 보기 어려웠다. 그런 날은 아무리 뭘 먹어도 기분이 나아지지 않았다.

토요일에는 늦게까지 연극 연습을 했다. 시간이 없어 제대로 못 한 연습들을 몰아서 해야 했다. 날이 어두워지자 아이들이 배고프다고 아우성을 쳤다. 선생님이 나한테 만 원짜리 몇 장을 내주면서 양하고 같이 가서 김밥이랑 음료수를 사 오라고 했다. 양이 나오는 장면은 아까 다 지나가서 더는 무대에 올라갈 일이 없었다.

"신발은?"

양이 연습실을 나서며 물었다.

"그냥 가도 돼."

나는 여태 실내화 신고 학교 근처를 헤집고 다니며 온갖 일을 했다. 신발을 갈아 신고 나가야 한다고는 한 번도 생각해 본 적 없었다. 양이 실내화를 신은 채 나를 따라왔다. 운동장을 절반쯤 걸어왔을 때 뒤에서 곰 목소리가 들렸다. 돌아보니 곰이 우리를 향해 막 뛰어오고 있었다.

"왜?"

내가 물었다.

"나도 같이 가려고."

곰이 숨을 헐떡이며 대답했다. 연습 안 해도 되냐고 했더니 자기 차례는 한참 남아서 괜찮다고 했다. 로미오가 안 나오는 장면이 거의 없는데 뭔 소리인가 싶었지만 곰이 그렇다니까 그런가 보다 했다.

곰과 양과 내가 가게 의자에 앉아 김밥이 나오기를 기다리고 있었다. TV에서는 우스꽝스러운 가면을 쓴 사람이 나와 목이 터져라 노래를 했다. 엄마가 좋아하는 프로그램이었다. 나는 가면 뒤의 사람이 누구인지 궁금해서 화면을 열심히 보다가 문득 깨달았다. 곰과 양 사이에 이상한 공기가 흐르고 있었다.

곰은 양한테 뭘 자꾸 물어봤고, 양은 곰의 질문에 일일이 답을 했다. 별로 대단치도 않은 것들이었다.

너 발 사이즈 몇이야? 275. 진짜? 그렇게 안 보이는데. 달리기 잘해? 그냥 보통. 백 미터 몇 초인데? 작년에 쟀을 때 14초 7이었어. 그 정도면 빠른 거 아냐? 아닐걸. 우리 반에 13초대도 많았어. 너 웹툰 많이 봐? 많이는 아니고 한두 개. 뭐 보는데? 스릴러나 공포물. 무서운 거 좋아해? 좋아한다기보다 그냥 연습 같은 거야. 연습? 자꾸 보다 보면 안 무서워지거든. 오, 진짜?

곰과 양이 서로를 쳐다봤다. 둘 다 웃음을 꾹 참고 있는 얼굴이었다.

나중에 곰에게 물어본 적이 있다.

"언제부터 좋았어?"

"처음 봤을 때부터."

둘은 학교 밖에서도 만나는 눈치였다. 곰은 나한테 양 얘기를 할 때마다 어쩔 줄 몰라 했다. 들뜬 목소리로 양이 이렇게 했고 저렇게 했고 정신없이 얘기를 늘어놓다가 갑자기 입을 딱 다물었다. 하면 안 될 말을 한 것처럼 초조한 눈빛으로 나를 건너다봤다. 사실은 나도 내 마음을 종잡을 수 없었다. "으이그, 그렇게 좋냐?" 한마디 하고 말아야 할지, "너 진짜 어쩌려고 그래?" 다그치며 인상을 써야 할지, 번번이 태도를 정하기 어려웠다.

곰은 남에게 쉬쉬 숨겨야 하는 일을 별로 하지 않았다. "그런 일 하면 기도 오래 해야 되잖아. 귀찮아. 안 하고 말지." 그러면서 웃었다. 운이 나쁘면 기도 시간이 길어지는 것 말고 귀찮은 일이 더 생기기도 했다. 학교 안에는 보는 눈이 많았고 작은 일도 크게 탈이 났다.

그런데 곰이 지금 양과 하려는 것은 진짜 쉬쉬해야 하는 일이었다. 사람들 입에 오르내리기 시작하면 아주 오랫동안 괴로워질 수 있었다. 하지만 그렇다고 나까지 곰을 이상한 애 취급하면서 뭐라고 할 수도 없었다. 나는 곰이 어떤 애인지 누구보다 잘 알았고, 곰이 양을 좋아한다고 해서 내가 곰에 대해 알고 있던 모든 사실들이 갑자기 달라지지는 않았다. 결국 내가 할 수 있는 일은 옆에 있어 주는 것밖에 없었다.

"일어나. 다 왔어."

곰이 나를 흔들어 깨웠다. 삐딱하게 잤는지 목이 뻐근했다. 기차가 역에 곧 도착한다는 안내 방송이 나왔다. 나는 목도리를 찾아 다시 친친 둘렀다. 창밖은 아직도 깜깜했다.

기차가 멈추자 사람들이 우르르 내렸다. 하얀 가로등 불빛 아래 수백 명의 사람들이 유령처럼 서성거렸고, 속이 텅 빈 기차가 다시 어둠 속을 향해 달려갔다.

해를 보려면 한참 더 기다려야 했다. 기차역을 빠져나온 사람들이 근처의 카페로, 밥집으로, 모텔로 짝을 지어 들어갔다. 우리는 바닷가를 좀 걷기로 했다. 곰과 양이 앞서 걷고 나는 한 걸음 뒤에서 따라갔다. 모자를 푹 눌러썼더니 둘이 하는 얘기가 잘 들리지 않았다. 눈도 춥고, 코도 춥고, 모래에 발이 푹푹 빠져 걷기도 어려웠다. 곰과 양이 점점 멀어지고 있었다.

공연이 코앞인데, 양이 며칠째 연습실에 나타나지 않았다. 몸이 아프다고 했다. 음향 담당이었던 남자애가 느닷없이 무대 위로 끌려 올라가 머큐시오 노릇을 했다.

"진짜 어디가 많이 아픈 거야? 누구 아는 사람 없어?"

선생님이 물었지만 대답하는 사람이 없었다. 아이들은 곰을 힐끗대기만 했다.

얼마 전 연습실에 소문이 돌았다. 곰과 양이 손잡고 있는 모습을 누가 봤다고 했다. 처음 그 말을 들었을 때 둘 중 누구라도 화를 냈어야 했다. 아니면 별 같잖은 소리를 다 듣는다는 표정으로 웃어넘겼어야 했다. 그런데 둘 다 아무 말이 없었다. 심지어

양은 고개를 푹 숙이고 있었다. 아이들의 태도가 미묘하게 달라졌다. 로미오와 머큐시오가 등장하는 장면이 되자 아이들이 하던 일을 다 멈추고 둘을 빤히 쳐다봤다. 양은 다음 날부터 연습에 나오지 않았다.

곰하고 삼겹살을 먹으러 갔다. 내가 사 준다고 억지로 데려갔다. 얼마 남지 않은 비상금을 몽땅 털었다. 나는 불판에 고기를 올려 노릇노릇 구운 다음 잘 익은 것들을 집어 곰 접시에 놓아 주었다. 곰이 말도 없이 꾸역꾸역 고기를 먹었다.

"너 오늘부터 나랑 1일 할래?"

고기를 한 점 더 놓아 주며 곰에게 물었다. 곰이 화를 내도 어쩔 수 없다고 생각했는데 피식 웃기만 했다. 며칠 동안 진지하게 고민한 작전이었는데 갑자기 맥이 빠졌다. 야, 곰은 지금 나랑 사귀거든. 어디서 헛소리들이야. 다 꺼져. 이렇게 몇 마디만 하면 모든 게 원래대로 돌아오지 않을까 하고 혼자 생각했다. 곰은 내 작전이 마음에 안 드는 듯했다. 사실은 나도 그랬다.

"진짜 웃기는 건 뭔지 알아?"

곰이 지난번에 시장에서 하던 모데나 이야기를 다시 꺼냈다.

"그 뼈의 주인이 둘 다 남자라고 하니까 사람들 하는 말이 바뀌었어. 두 사람은 형제라고, 사촌이라고, 전쟁 때 같이 싸우다 죽은 전사들이라고. 모데나의 연인이 하루아침에 모데나의 전사가 된 거야. 웃기지 않냐?"

모데나 이야기는 코미디가 맞았다. 하나도 웃기지 않은 코미디였다.

엄마가 결혼은 곰 같은 남자랑 해야 한다고 했을 때, 나는 코웃음을 쳤다.

"엄마가 어떻게 알아? 엄마도 안 해 봤잖아, 결혼."

"꼭 해 봐야 아니? 척 보면 알지."

엄마가 눈을 흘기고 돌아섰다. 엄마의 등짝을 보는 순간 후회가 됐다. 에이 씨, 그렇게 말하지 말걸. 꼭 나중에야 그런 생각이 든다.

솔직히 나는 엄마가 잘 이해가 안 됐다. 나라면 어떻게 했을까 가끔 생각해 보는데 결국은 다른 선택을 했을 것 같다. 내가 나를 부정하는 일이라 기분이 썩 좋지는 않지만, 그렇다고 갑자기 불쑥 용기가 생기지는 않는다. 어쩌면 엄마도 용기를 낸 게 아니라 오기를 부린 걸지 모른다. 나는 당신처럼 후진 사람 아니야! 누군가에게 소리치고 싶었을 수도 있다. 엄마라면 그러고도 남는다.

공연 날, 양은 끝내 나타나지 않았다. 다행히 곰을 보고 숙덕이던 애들도 남 신경 쓸 틈이 없어 보였다. 의상을 갈아입은 배우들은 갑자기 대사가 생각 안 난다며 번갈아 대본을 들여다보았다. 멀미를 하는 것처럼 얼굴이 노래진 애들도 있었다. 나도 소도구들을 챙기느라 정신없이 뛰어다녔다. 그러다 무대 뒤에서 곰을 봤다. 곰은 한 손에 긴 검을 들고 말없이 서 있었다. 줄리엣 사촌 무리를 향해 휘두를 검이었다. 너무 어두워서 표정은 보이지 않았다.

"오, 여기서 나도 영원한 휴식을 취하리라. 삶에 지친 나의 몸을 이 불행한 운명의 족쇄로부터 자유롭게 하리라."

로미오는 제단 위에 누워 있는 줄리엣 곁에서 죽음을 선택했다. 제단을 덮은 검은 벨벳 천에는 레이스를 달지 못했다. 선생님은 '싸게 먹히는 것'이 훨씬 더 중요하다고 했다. 공연은 단 한 번이었고, 잠깐의 반짝임을 위해 큰돈을 쓰기는 어려웠을 것이다.

배우들은 오직 한 번뿐인 공연에서 돌아가며 실수를 했다. 줄리엣은 치맛자락을 밟고 휘청거렸고, 줄리엣의 유모는 아주 중요한 대사를 건너뛰어 모두를 어리둥절하게 만들었다. 로미오도 죽음 직전의 장면에서 연습 때와 좀 다르게 연기했다. 선생님은 '슬픔과 절망을 담아 격렬하게 대사한 뒤에 쓰러지라'고 했다. 그런데 곰이 그러지 않았다.

곰은 불 꺼진 관객석을 바라보며 낮은 목소리로 말했다. 삶에 지친 나의 몸을 이 불행한 운명의 족쇄로부터 자유롭게 하리라. 뜻밖에 느리고 침착한 독백이었다.

나는 방학하자마자 다시 알바를 시작했다. 다른 알바 언니가 기름에 튀겨 놓은 꽈배기에 설탕을 묻혀 봉투에 담아 주는 일이었다. 좁은 가게 안에는 밀가루 냄새와 기름 냄새가 뒤섞여 떠다녔다. 일주일쯤 일하고 나니 곰이 왜 빵을 싫어하는지 알 것 같았다.

엄마는 며칠 동안 눈만 뜨면 이모 흉을 봤다. 너희 이모는 대체 왜 그러는지 모르겠다고, 아주 성가셔 죽겠다고 실컷 투덜대고 나서 이모가 소개해 주는 사람을 만나러 나갔다.

곰에게 엄마 얘기를 했더니 나보고 기분이 어떠냐고 물었다. 내 기분 타령이나 하려고 엄마 얘기를 한 건 아니었다. 곰이 자기 엄마랑 한바탕하고 잔뜩 화가 나 있길래 나도 장단을 맞추느라 몇 마디 했을 뿐이다. 이모한테 그렇게 뭐라고 하더니 나갈 때는 또 엄청 차려입고 나가더라고, 아주 웃겨서 말이 안 나오더라고. 그런데 곰이 내 기분을 묻자 좀 울적해졌다.

일 끝나고 나오는데 꽈배기집 앞에 곰이 서 있었다.

"바다 보러 갈래?"

속이 답답해서 그냥 하는 말인 줄 알았다. 그래서 헛소리 그만하고 노래방 가서 바다 노래나 부르자고 하려고 했다.

파파파파도가 부서진 바닷가 숨소리도 들리는 그곳에 잊지 마 기억할게 가슴속에 묻어 둔 이 여름밤.

우리가 노래방에서 자주 부르는 노래였다. 그런데 곰이 양 얘기를 꺼냈다.

"양이 너 같이 가면 가겠대."

연극이 끝나고, 곰은 양에게 긴 메일을 보냈다고 했다. 그리고 얼마 전에야 양에게서 답장이 왔고, 그날 밤 둘이 새벽까지 전화를 하다 바다 얘기가 나온 모양이었다.

"갈래?"

양은 여전히 불안에 시달렸고, 곰은 그런 양과 함께 어디든 멀리 가고 싶은 듯했다. 한겨울에 바닷가라니, 생각만 해도 머리통이 오그라드는 것 같았지만 어쩔 수 없었다.

"그래, 가자."

사방에 불그스름한 빛이 퍼지기 시작했다. 곧 해가 뜰 것 같았다. 나는 더 걷기가 싫어서 쭈그리고 앉아 파도 소리를 들었다.

처업, 처업, 처업.

거대한 동물이 뭔가를 천천히 먹어 치우는 소리 같았다. 여기까지 달려온 사람들이 모래밭에 쏟아 놓은 얘기들이 바다의 배 속으로 끝도 없이 빨려 들어갔다. 곰이 나를 돌아보며 손을 흔들었다.

어릴 때 나는 아무 의심 없이 해를 빨간색으로 칠하곤 했다. 해를 한 번도 자세히 본 적 없었기 때문에 자신 있게 그럴 수 있었다. 하늘이 온통 붉은색으로 물들고 그 아래로 불긋불긋한 물결들이 울렁대며 퍼져 나갔다. 낮게 깔린 구름 위로 해가 서서히 모습을 드러냈다. 해는 눈부신 노란색이었다.

우리는 바닷가를 걸어 다니며 사진을 찍었다. 셋이서도 찍고 둘이서도 찍었다. 나와 곰, 나와 양 그리고 곰과 양이 번갈아 찍었다. 곰과 양의 사진은 내가 찍어 주었다.

"싸웠냐? 좀 웃으라고."

둘이 마주 보고 웃었다. 찰칵, 찰칵, 찰칵. 연달아 버튼을 눌렀다. 화면 속에서 곰이 이가 다 보이도록 웃고 있었다. 진짜 좋을 때 웃는 웃음이었다.

엄마에게도 해가 뜬 바다 사진을 한 장 보냈다. 문자도 같이 보낼까 하다가 무슨 말을 써야 할지 모르겠어서 그냥 사진만 보냈다. 할 말 없음이 가장 솔직한 내 심정이기도 했다.

곰과 양과 나란히 서서 바다를 보았다. 바닷바람 때문에 뺨이 쓰라렸다. 여기까지 왔다고 해서 무엇이 얼마나 달라질까. 배가 고파서 그런지 마음이 또 무거워지려고 했다.

"뭐 먹으러 가자."

내가 한 발 두 발 뒤로 걸으며 말했다. 곰과 양이 나를 돌아봤다. 우리는 모래밭 끝나는 곳에 있는 포장마차까지 막 뛰어갔다. 양이 저만큼 앞서 달렸다.

어묵이 담긴 솥에서 하얀 김이 올라왔다. 우리는 일단 어묵을 하나씩 입에 물고 떡볶이와 순대를 더 시켰다. 구석 쪽 쟁반에는 꽈배기가 쌓여 있었다. 나는 어묵을 들지 않은 손으로 꽈배기를 집어 들었다. 멀리 와서 보니 배배 꼬인 녀석들이 조금 반가웠다.

처업, 처업, 처업.

등 뒤에서 파도 소리가 들렸다. 나는 양손에 먹을 것을 들고 바다를 향해 돌아섰다. 그새 해가 훌쩍 떠올라 세상이 구석구석 또렷했다. 우리가 여기에 있다는 사실이 너무나 명백해서 오히려 할 말이 없었다. 나는 거대한 배 속을 가진 바다처럼 천천히 음식들을 먹어 치웠다.

+ 12시 5분 전 +

조은비에게 드디어 남자친구가 생겼다.

예전에 은비를 좋아한다고 여기저기 떠들고 다니던 남자애가 있기는 했다. 사실은 은비도 그 애가 싫지 않았다. 그래서 고백하면 받아 줘야지 혼자 마음먹고 있었다. 어느 날 그 애가 은비를 복도로 불러내 "너 나 좋아해?" 하고 물었다. "나 너 좋아해." 하지 않고 "너 나 좋아해?" 하면서 씩 웃었다. 순간 은비는 걔가 별로라는 생각이 들었다. 그래서 "아니." 하고 대답한 뒤에 교실로 들어갔다.

속으로 '오, 좀 괜찮네.' 했던 남자애들도 몇 명 있었다. 하지만 고백을 한 적은 없었다. 여자가 먼저 고백하면 오래 못 간다는 말을 믿어서가 아니라 '너 진짜 걔가 좋아?' 하고 스스로 물어볼 때마다 뜨뜻미지근한 답이 돌아왔기 때문이다. 좋아하는 것 같기도 하고 아닌 것 같기도 한 마음으로 고백을 할 수는 없었다.

그런데 최영찬은 달랐다. 은비는 영찬을 보자마자 흡 들이마신 숨을 다시 뱉지 못하고 침이랑 같이 꿀꺽 삼켜야 했다. 숨 막히게 좋다는 말이 단번에 이해가 됐다. 같이 영화 보고 밥을 먹으러 갔는데 마음까지 착착 잘 맞았다. 보고 싶은 영화도, 먹고 싶은 메뉴도 거짓말처럼 똑같았다. 너무 서두르나 싶기도 했지만 괜히 눈치 보다 기회를 아주 놓칠 수도 있었다. 그날 은비는 영찬에게 사귀자고 먼저 말했다.

영찬은 몸이 호리호리했다. 장딴지에 힘줄이 툭툭 튀어나온 남자가 좋다는 애들도 있지만 은비는 아니었다. 영찬은 머리부터 발끝까지 둔한 구석이 하나도 없었다. 운동화를 신은 발도 날렵하기 그지없었다. 은비는 영찬을 볼 때마다 어떻게 이런 애가 자기한테 왔는지 놀랍고 신기했다. 크게 착한 일 한 것도 없는데 넘치게 칭찬을 받는 기분이었다.

백 일 기념일이 코앞으로 닥치자 은비의 고민이 깊어졌다. 누구나 다 하는 평범한 선물 말고 좀 특별한 선물을 하고 싶었다. 궁리 끝에 도시락을 싸기로 했다. 영찬이 좋아하는 음식들을 직접 요리해서 짜잔 하고 보여 줄 생각이었다. 마침 토요일이었고, 둘은 먼 곳으로 소풍을 가기로 했다. 은비는 새벽같이 일어나 닭고기를 한 입 크기로 조각내 튀기고, 비엔나소시지에 칼집을 내서 데치고, 김치를 쫑쫑 썰어 넣고 밥을 볶았다. 후식으로 먹을 과일도 영찬이 좋아하는 바나나로 챙겼다. 도시락을 들고 집을 나서는데 하늘이 높고 파랬다. 밖에서 놀기 딱 좋은 날씨였다.

은비는 초등학교를 졸업한 뒤로는 동물원에 간 적이 없다. 대신 돈이 생기면 친구들과 놀이기구를 타러 갔다. 엄청난 속도로 내려오는 놀이기구 안에서 꺄아아악 소리를 지르고 나면 인생이 다시 리셋된 것처럼 속이 시원했다. 동물원은 옛날 모습 그대로였다. 우리 속 동물들은 여전히 느릿느릿 걸었고 지루한 표정으로 밖을 내다봤다. 그래도 은비는 괜찮았다. 영찬이 은비 손을 꼭 잡고 있었다.

원숭이 우리 앞에서 영찬이 배가 고프다고 했다. 둘은 그늘진 구석 의자에 자리를 잡고 앉았다. 은비가 도시락 뚜껑을 열자 영찬의 눈이 커다래졌다. 영찬이 허겁지겁 도시락을 먹어 치우는 동안 은비는 바나나를 한 개 까서 오래오래 아껴 먹었다. 혹시나 하는 마음이 들어서였다. 은비는 오늘 어쩌면 영찬과 첫 키스를 할지도 모른다고 생각했다. 확 분위기 잡았는데 입에서 김치볶음밥 냄새가 나면 곤란했다.

둘은 만난 지 얼마 되지 않아 금방 손을 잡았다. 은비가 손가락에 반창고를 붙이고 온 날, 영찬이 은비 손을 잡고 자기 입에 대더니 호호 불어 주었다. 그러고는 집에 갈 때까지 은비 손을 놓지 않았다. 중간고사 끝나고 둘이 자전거를 타러 갔을 때는 은비가 먼저 영찬의 허리에 손을 둘렀다. 자전거 뒷자리에 걸터앉았기 때문에 자빠지지 않으려면 어쩔 수 없었다. 은비가 등짝에 몸을 기대자 영찬의 심장이 세차게 뛰었다. 은비는 펄떡펄떡 뛰는 영찬의 심장 소리를 고스란히 느낄 수 있었다.

얼마 전에는 영찬이 은비에게 목걸이를 사 주었다. 길에서 파는 목걸이였지만 가운데 박힌 초록 구슬이 신비롭게 반짝였다. 영찬은 목걸이를 직접 걸어 주겠다며 은비 목 뒤로 양손을 두르고 꼼지락거렸다. 고리는 쉽게 채워지지 않았고, 영찬이 안간힘 쓰며 내뱉는 숨소리 때문에 은비 귀가 발개졌다. 은비는 다른 사람이랑 그렇게 몸을 바짝 대고 서 있어 본 적이 없었다. 가족 빼고는 처음이었다. 겨우 목걸이를 채우고 나서 둘은 기다렸다는 듯이 서로를 끌어안았다.

은비가 빈 도시락의 뚜껑을 덮는데 영찬이 리본으로 묶은 상자를 내밀었다. 은비가 상자를 받아 들고 살며시 웃었다. 사실은 아까부터 상자를 힐끔대고 있었다. 자기를 위해 영찬이 무엇을 준비했을지 궁금했다.

"우아, 예쁘다."

상자 안에는 빨간 지갑이 들어 있었다. 주머니가 칸칸이 달린 고급스러운 지갑이었다. 은비는 지갑이 마음에 쏙 들었고, 자기가 지갑을 얼마나 마음에 들어 하는지 영찬에게 보여 주고 싶었다. 그래서 쓰던 지갑 안에 있던 것들을 다 꺼내 새 지갑으로 옮기기 시작했다. 지폐 몇 장을 옮기고 교통카드와 포인트카드를 옮기고 영수증같이 자질구레한 것들을 마저 다 옮긴 다음 빠뜨린 게 없나 한 번 더 지갑을 살피는데 안쪽에서 뭐가 툭 떨어졌다.

영찬이 의자 밑으로 손을 뻗어 떨어진 것을 주워 주었다. 은비가 그걸 받아 들다가 놀란 눈으로 영찬을 바라봤다. 방금 전까지 말랑말랑하게 웃고 있던 영찬의 얼굴이 딱딱하게 굳어 있었다.

"영찬아, 이게 뭐냐 하면……."

영찬이 은비 눈을 피했다. 해는 아직 머리 꼭대기에 떠 있고 동물원의 동물들도 절반밖에 보지 못했는데, 둘은 그대로 가방을 싸서 밖으로 나왔다. 전철을 한 시간 넘게 타고 오는 동안, 영찬은 귀에 이어폰을 꽂은 채 아무 말도 하지 않았다. 어쩔 줄 몰라 하던 은비도 슬슬 기분이 나빠지기 시작했다. 전철에서 내린 뒤, 영찬과 은비는 잘 가라는 말도 없이 각자 집으로 갔다.

김진주는 아침부터 머리가 아팠다.

은비가 학교에 오자마자 책상 위에 엎어져 있었다. 아무래도 최영찬하고 헤어질 것 같다고 했다. 엊그제까지만 해도 둘이 놀러 간다고 까치발로 춤을 추더니 하루아침에 지옥으로 처박힌 모습이었다. 은비에게 영찬을 소개시켜 준 사람은 진주였다.

"왜? 무슨 일인데?"

진주가 물었다. 아주 안 물어볼 수 없어서 묻긴 했지만, 애들이 헤어지는 이유는 다 거기서 거기였다. 알고 보니 애가 이기적이고, 만날수록 성격이 안 맞고, 그래서 공부에 방해가 되는 것도 같고, 사실은 딴 애가 더 좋아져서 그만 갈아타고 싶고.

"아, 몰라. 갑자기 콘돔 때문에."

"콘돔?"

"내 지갑에 콘돔 있다고 말도 안 하고 가 버리잖아, 열받게."

김진주 입이 딱 벌어졌다. 이렇게 독창적인 이유로 헤어진 애들은 한 번도 보지 못했다.

영찬은 진주의 초등학교 동창이다. 초등학교 때는 두 번이나 같은 반이었지만 서로 다른 중학교로 간 뒤로는 얼굴 볼 일이 없었다. 몇 년 만에 영찬을 다시 만난 곳은 정형외과였다. 진주는 목 디스크 때문에 한 달째 물리치료 중이었고, 학교 끝나고 바로 갔는데도 병원에 사람이 많았다. 접수증을 들고 대기실 빈 의자를 찾아 두리번대는데 구석에 서 있던 남자애가 자꾸 진주를 힐끔거렸다. 진주도 낯이 익어 다가갔다.

"너 혹시?"

둘은 동시에 웃음을 터뜨렸다. 진주는 속으로 조금 놀랐다. 영찬은 누가 길게 잡아당긴 것처럼 키가 훌쩍 커 있었다. 그래도 금방 알아볼 수는 있었다. 깁스 때문이었다. 영찬은 오른발에 깁스를 하고 있었다. 축구하다 발가락에 금이 갔다고 했다.

초등학교 4학년 때도 영찬은 한 달 가까이 발에 깁스를 하고 학교에 다녔다. 체육 시간에 둘씩 짝 지어 달리기를 하는데, 최영찬이 절반쯤 뛰다가 넘어졌다. 선생님이 다시 일어나 뛰라고 하는데도 그냥 앉아서 울기만 했다. 진주는 뭐 저런 걸로 우냐고 옆에 있던 애랑 영찬을 실컷 비웃었다. 그런데 다음 날 영찬이 발에 깁스를 하고 나타났다.

영찬은 몸이 비리비리했다. 팔다리에 울퉁불퉁 근육이 없어도 농구를 잘하거나 달리기가 빠른 애들이 있는데 영찬은 그렇지도 않았다. 진주가 보기에 영찬은 머리부터 발끝까지 실한 구석이 하나도 없었다. 그래도 오랜만에 보니 반갑기는 했다.

"깁스 풀면 연락해. 내가 소개팅시켜 줄게."

진주가 인심 쓰듯 영찬에게 말했다. 전화번호도 서로 주고받았다.

소개팅 얘기를 했더니 은비가 두말 않고 좋다고 했다. 진주는 약간 걱정이 돼서 은비에게 여러 번 다짐했다.

"절대 부담 갖지 마. 일단 만나 보고, 아니다 싶으면 바로 나와도 돼. 나랑 별로 친한 애도 아니야. 억지로 잘해 주지 않아도 된다, 알았지?"

그런데 은비가 영찬을 만나고 온 다음 날 진주에게 떡볶이를 샀다. 진주는 뭐가 어떻게 된 건지 어리둥절했지만 '둘이 좋다면야 뭐.' 하면서 당당히 떡볶이를 얻어먹었다. 그때부터 은비는 날이면 날마다 최영찬 얘기를 늘어놓았다.

영찬은 영찬대로 뻑하면 진주에게 연락을 했다. 진주가 소개팅 날짜를 잡으려고 전화했을 때도 둘이 어디를 가면 좋겠느냐, 어떤 영화를 보면 좋겠느냐, 뭐를 먹으면 좋겠느냐 계속 물어 댔다. 살짝 귀찮기는 했지만, 진주는 끝까지 성의껏 대답해 주었다. 영찬의 노력이 가상하다고 생각했기 때문이다. 상대에 대한 배려 없이 제멋대로 구는 것보다는 훨씬 나았다.

얼마 전에는 백 일 기념 선물로 뭐가 좋겠느냐고 물었다. 진주는 쓸모 하나 없는 이상한 물건 사지 말고 그냥 지갑을 사라고 했다. 어떤 브랜드의 어떤 색깔이 좋을지 친히 검색하여 보내 주기까지 했다. 진주는 누구보다 은비의 취향을 잘 알았고, 이왕이면 영찬이 보람차게 돈을 쓰도록 도와주려 했을 뿐이다.

영찬은 지난 토요일 밤에도 진주에게 전화를 했다.

"야, 조은비 학교에서 인기 많냐?"

진주는 질문의 의도를 파악하려 애썼다. 출제자의 의도를 파악하는 것이 모든 문제 풀이의 기본이었다. 영찬은 자기가 사귀는 애가 대략 어느 수준인지 알고 싶은 듯했다. 진주는 매우 신속하게 상황을 판단한 뒤에 대답했다.

"그걸 말이라고 하냐? 은비 좋다는 애들이 줄을 섰거든."

다른 뜻은 없었다. '엄청 인기 많은 애를 사귀고 있으니 감사히 여기고 앞으로 은비한테 더 잘해라.' 하는 마음을 담아 한 말이었다. 그런데 영찬이 다시 물었다.

"그냥 인기 많은 거 말고, 진짜 사귄 애들도 많아?"

진주는 영찬이 자기 말을 의심해서 또 묻는 줄 알았다. 그래서 더욱 확신에 찬 목소리로 답했다.

"지금 장난하냐? 은비, 남자친구 없었던 적 거의 없거든. 그냥 대충 사귄 거 빼고 진짜 제대로 사귄 애들이 하나, 둘, 셋……. 내가 아는 것만 다섯인데?"

전화기 너머로 영찬이 한숨 내쉬는 소리가 들렸다. 진주는 이제 됐다 싶었다. 은비에게 자기 같은 친구가 있어 참 다행이라고도 생각했다. 진주는 영찬이 마음가짐을 새롭게 다지고 여자친구에게 최선을 다하는 겸손한 남자친구로 거듭날 거라 굳게 믿었다.

그런데 은비가 다짜고짜 최영찬하고는 이제 끝이라고 했다. 영찬이 은비 지갑에 있던 콘돔을 보더니 저 혼자 삐져서 말도 안 하고 집에 가 버렸다는 것이다. 자기가 힘들게 싸 들고 간 도시락을 싹싹 다 먹어 치운 다음 그랬다고 더 열을 냈다. 진주는 일단 은비 말에 맞장구를 쳐 주었다.

"걔가 원래 그렇다니까. 그래서 내가 말했잖아, 너무 잘해 주지 말라고. 암튼 최영찬을 내가……."

진주가 갑자기 말을 멈추었다. 조금 전 은비에게 들은 얘기 중에 이상한 부분이 있었다.

"근데 조은비, 너 콘돔을 왜 갖고 다녀?"

사람들이 콘돔을 갖고 다니는 이유는 한 가지밖에 없다. 진주도 모르지 않았다. 사려고 마음만 먹으면 당장 살 수도 있다. 전철역 화장실 앞 자판기에는 생리대도 있고 콘돔도 있다. 하지만 콘돔은 생리대하고는 좀 달랐다. 여자애들이 너도나도 들고 다니는 물건이 아니었다.

이수연은 지난달 은비 집에 간 적이 있다.

은비는 수연의 사촌 동생이고, 아장아장 걸음마를 할 때부터 수연을 졸졸 따라다녔다. 수연도 은비를 잘 데리고 놀았다. 나이 차이가 일곱 살이나 나는데도 귀찮아하는 법이 없었다. 수연의 고모인 은비 엄마는 수연을 볼 때마다 손에 용돈을 쥐여 주었다. 은비 엄마와 아빠는 도배 일을 하는데, 지방에 일감이 있을 때면 하루나 이틀씩 집을 비워야 했다. 그런 날은 수연이 은비 집에 가서 같이 잠을 잤다.

고모가 대전에 일하러 가야 한다고 또 전화를 했을 때, 수연은 결심했다. 안 그래도 수술하고 바로 집에 가는 게 찜찜하던 차였다. 은비 집에 가는 날에 맞춰 수술 예약을 잡고 친구들한테 돈을 조금씩 나누어 빌렸다. 수연이나 친구들이나 목돈이 없기는 마찬가지였다. 한동안 머릿속이 멍한 상태였는데 수술 날짜를 잡고 나니 마음이 좀 차분해졌다. 어차피 겪을 일이라면 담담하게 해내자 싶었다.

마취에서 깬 뒤에도 수연은 병원에 한 시간을 더 누워 있었다.

의사가 보험이 안 되는 영양제 링거를 맞겠느냐고 물어서 그러겠다고 했다. 영양제값이 10만 원이 넘었지만, 수연은 자기 자신에게 사과하는 마음으로 그 돈을 지불했다. 링거를 다 맞을 때까지 수연은 딴생각을 하려고 노력했다. 머리를 좀 자를까? 자르는 김에 염색도 할까? 여름휴가는 어디로 갈까? 어디 막 돌아다니지 말고 괜찮은 펜션에서 며칠 푹 쉬다 와야겠다. 이제 금방 은비 생일인데 뭐를 사 줘야 하나? 작년에는 뭘 사 줬더라? 아, 오늘 그 드라마 하는 날이네. 까먹지 말고 은비랑 같이 봐야지.

"언니, 어디 아파?"

은비가 수연을 보자마자 눈을 크게 떴다. 수연은 병원에서 은비 집까지 전철을 타고 왔다. 사람들 옆에 다리를 오므리고 앉아 이제 괜찮다, 괜찮다, 괜찮다, 수백 번도 더 생각했다. 그런데 아직 괜찮지가 않았다. 수연은 누구한테라도 위로받고 싶었다. 그래서 배를 어루만지며 말했다.

"어, 아파. 언니 생리통."

"진짜? 어떡해. 빨리 들어와."

은비가 방에서 이불들을 꺼내 와 거실에 깔았다. 수연은 은비가 하라는 대로 이불 사이를 파고들어 가 반듯이 누웠다. 등이 따뜻했다.

"언니, 밥 안 먹었지? 엄마가 김치찌개 해 놓고 갔는데 그거 데울까?"

의사는 퇴원하는 수연에게 당부했다. 이 수술을 얕보면 안 된다고, 아기 낳은 산모라 생각하고 잘 먹고 쉬라고, 몸도 돌보고 마음도 돌보라고.

"은비야, 너 미역국 끓일 줄 알아? 언니 미역국 먹고 싶어."

수연이 벽 쪽으로 돌아누웠다. 마음을 돌보라는 의사 말이 명치끝에 걸려 내려가지 않았다. 부엌 쪽에서 달그락대는 소리가 들렸다. 은비가 수연을 위해 미역을 불리고 있었다.

수연은 은비와 마주 앉아 저녁밥을 먹었다. 같이 보려고 했던 드라마를 틀어 놓고 미역국에 밥을 말아 꼭꼭 씹어 먹었다. 입안의 미역이 부드러웠다. 수연은 밥을 먹다가 문득 작년 은비 생일날 사 준 선물이 생각났다. 일러스트가 귀여운 요리책이었다. 은비는 요리하는 걸 좋아했고 복잡한 요리도 곧잘 따라 했다. 수연은 은비에게 미역국을 더 달라고 했다. 은비가 얼른 일어나 국그릇을 들고 부엌으로 갔다.

설거지를 마친 은비가 일찌감치 불을 끄고 이불 속으로 들어왔다. 은비는 수연 쪽으로 팔베개를 하고 누워 아까 본 드라마 얘기를 했다. 세상에 그런 커플이 진짜 있을까 없을까 한참을 떠들더니 남자 주인공이 자기 친구하고 아주 조금 닮았다며 웃었다. 은비는 얼마 전부터 남자친구 얘기를 부쩍 많이 했다.

"근데 언니, 걔가 이렇게 날 만지잖아? 그럼 기분이 되게 이상해. 허벅지가 막 간질간질하고 어떻게 해야 될지를 모르겠어."

수연도 그 느낌을 알았다. 누군가를 정말 좋아하면 그 사람을 보기만 해도 온몸이 날갯짓을 하며 날아올랐다. 시작은 언제나 더할 나위 없는 축복이었다.

수연이 자리에서 일어나 다시 불을 켰다. 그리고 가방 속에서 콘돔을 한 개 꺼내 은비 옆으로 와 앉았다. 아까 병원 처방전을 들고 약국에 갔을 때 콘돔을 몇 상자 달라고 해서 같이 샀다. 누군가의 얼굴에 그 콘돔 상자들을 확 집어 던지고 싶었다. 수연은 내내 화가 나서 견딜 수가 없었다. 엉망진창이 된 마음은 끝내 담담해지지 않았다.

은비가 몸을 일으켜 수연의 손바닥을 내려다봤다.

"그게 뭐야?"

"콘돔."

"콘돔? 나 가지라고?"

은비가 손가락으로 콘돔 끄트머리를 겨우 집어 들고 배시시 웃었다. 수연이 은비의 머리를 천천히 쓸어 넘겼다.

"갖고 다녀. 나중에 필요할 수도 있어. 필요할 때 꼭 써."

은비가 어깨를 움츠리며 또 웃었다. 콘돔이 필요할 때를 상상하는 일이 어색하고 민망했다. 수연이 불을 끄고 누웠다. 은비도 깜깜한 천장을 보고 누워서 수연이 준 콘돔을 만지작거렸다. 어둠 속에서 수연이 손을 뻗어 은비를 토닥토닥해 주었다.

최영찬은 전화를 끊고 마음이 더 복잡해졌다.

은비가 진짜 제대로 사귄 남자애들이 적어도 다섯 명이라고 했다. 대충 사귄 애들까지 합치면 더 많을 수도 있다. 다른 사람도 아니고 진주가 한 말이었다. 혹시나 했던 일이 사실로 확인되었다. 은비는 영찬 말고도 여러 명의 남자애들과 정식으로 사귄 경험이 있었고, 영찬은 그럴지도 모른다고 예전부터 짐작했다.

둘이 처음 만난 날, 먼저 사귀자고 말한 사람은 은비였다. 영찬도 은비가 마음에 들었지만 대뜸 사귀자고 할 수는 없었다. 섣불리 말했다가 분위기를 망치게 될까 봐 걱정이 됐다. 사귀는 동안에도 은비는 언제나 누나처럼 의젓했다. 얼떨결에 은비 손을 잡고 허둥대고 있을 때도 영찬의 손을 꼭 맞잡아 주었고, 무거운 자전거 바퀴를 돌리느라 헉헉대고 있을 때도 뒤에서 허리를 꼭 붙들어 주었다.

은비는 영찬의 말투와 머리 모양과 피부 색깔이 다 좋다고 했다. 영찬이 산타클로스 선물 같다는 말도 했다. 어느 누구에게도 들어 본 적 없는 얘기였다. 영찬은 은비를 만날 때마다 그동안 자신을 비껴갔던 모든 행운이 두 배로 커져 되돌아오는 느낌이었다.

영찬은 어릴 때부터 몸이 약했다. 툭하면 뼈에 금이 가서 깁스를 해야 했다. 지난번에 또 깁스를 하러 갔을 때 의사가 영찬에게 멸치나 우유처럼 뼈에 좋은 음식을 많이 먹으라고 했다. 영찬은 대답하지 않았다. 멸치와 우유를 영찬만큼 많이 먹고 자란 아이는 없었다. 끼니때마다 멸치 반찬을 먹고 아침저녁으로 우유를 마시고 틈틈이 칼슘보조제까지 챙겨 먹었지만 아무 소용 없었다.

다행히 영찬은 코미디 영화를 좋아했다. 걱정이나 불안이 쌓이면 일부러 코미디 영화를 봤다. '인생은 가까이서 보면 비극이지만 멀리서 보면 희극'이라는 말을 듣고 무릎을 친 적도 있다. 유명한 코미디 배우가 한 말인데 깁스를 할 때마다 그 말이 큰 위로가 되었다. 누가 멀리서 보면 팔, 다리, 어깨, 돌아가며 깁스를 해 대는 자기 인생이 진짜 웃길 것 같았다.

그런데 은비는 코미디가 시시하다고 했다. 우주 전쟁이나 화산 폭발 정도는 돼야 영화 보는 맛이 있다면서, 이왕이면 그런 쪽 영화를 보는 게 어떠냐고 했다. 은비가 직접 한 말은 아니고 진주가 영찬에게 일러 준 말이다. 그래서 둘이 처음 만나던 날도 악당 무리와 맞서 싸우는 초능력 히어로 영화를 봤다. 영찬은 히어로가 등장할 때마다 쾅쾅 울려 퍼지는 음악 소리 때문에 귀가 아팠다.

은비는 음식에 대해서도 아는 것이 많았다. 쓱 보고도 재료나 요리법을 다 알아맞혔고, 맛있기로 소문난 요리를 먹으러 아주 멀리까지 가기도 했다. 영찬도 은비를 따라다니며 여러 음식들을 맛보았다. 은비 앞에서는 "오, 약간 특이하네." 하면서 고개를 끄덕였지만 솔직히 무슨 맛인지 모를 때가 더 많았다. 영찬은 장이

예민해서 배가 자주 꾸르륵거렸고, 배가 안 아플 때도 맨밥을 물에 말아 천천히 먹는 걸 좋아했다.

은비가 "우리 백 일 기념으로 어디 갈까?" 하고 물었을 때 영찬은 동물원에 가자고 했다. 은비가 "놀이공원도 괜찮은데……." 하는 말을 세 번쯤 했지만 이번만큼은 영찬이 좋아하는 곳으로 은비를 데려가고 싶었다. 동물원을 한 바퀴 천천히 돌면서 자기가 잘 아는 얘기들을 해 줄 생각이었다. 영찬은 방에 동물도감을 여러 권 갖고 있었다. 깁스를 하고 나면 밖에 나다니기 힘들었고, 게임 좀 그만하라고 엄마가 잔소리를 할 때마다 동물도감을 꺼내 읽었다.

영찬은 은비 손을 꼭 잡고 동물원으로 들어섰다. 유난히 가슴이 설렜다. 홍학을 보고 기린을 보고 하마를 본 다음 돌아서니, 건너편에 원숭이 우리가 있었다. 영찬은 특히 원숭이에 대해 할 말이 많았다. 원숭이는 놀라운 동물이었다. 인간처럼 뇌가 크고, 손을 자유롭게 쓸 수 있으며, 포유류 중에서는 오래 살기로도 유명하다. 침팬지는 60년까지도 살 수 있다. 은비도 원숭이를 보자마자 웃음을 터뜨렸다.

"은비야, 나 배고파."

영찬이 허둥지둥 은비 앞을 가로막고 섰다. 오래 걸으면 배고플까 봐 아침밥을 꾸역꾸역 다 먹고 나섰는데, 이것 말고는 다른 핑계가 떠오르지 않았다.

영찬은 조금 전 우리 안을 휘 살피다가 구석에 있는 원숭이 두 마리를 보았다. 한 원숭이가 또 다른 원숭이 엉덩이에 올라타 있었다. 녀석은 양팔을 길게 뻗어 아래쪽에 엎드린 원숭이의 허리를 움켜잡고 부지런히 뭔가를 하는 중이었다. 영찬은 그 행위가 무엇을 뜻하는지 금세 알아챘다. 예전에 어떤 동물 영상에서 비슷한 장면을 본 적 있었다. 영상 속 동물학자는 원숭이를 가리키며 말했다.

"지능이 높은 몇몇 동물들은 종족 번식 이외의 목적으로도 짝짓기를 합니다. 사교나 즐거움을 위해서 하는 행동이지요. 원숭이도 인간처럼 번식 이외의 목적으로 짝짓기를 할 수 있습니다."

영찬이 은비 손을 잡아끌었다. 은비와 나란히 서서 인간처럼 뇌가 크고 손을 자유롭게 쓰는 원숭이가 자신의 즐거움을 위해 하고 있는 일을 지켜볼 수는 없었다.

영찬은 은비가 싸 온 도시락을 먹기로 했다. 삼단짜리 도시락에는 먹을 것이 가득했다. 배가 또 꾸르륵거리기 시작했지만 어쩔 수 없었다. 은비는 밥맛이 없다면서 바나나 껍질을 까서 조금씩 베어 먹었다. 영찬은 은비와 눈을 마주치지 않으려고 도시락에다 얼굴을 처박고 김치볶음밥을 마구 퍼먹었다. 배 속 사정은 나중에 생각하기로 했다. 맛이 어떤지 미처 느낄 새도 없이 밥알들이 목구멍 뒤로 넘어갔다.

영찬이 겨우 도시락 통을 비웠을 때였다. 이제 한시름 놓았다 싶었는데 예상치 못한 물건이 또 등장했다.

"이게 뭐냐 하면……."

은비는 결국 말을 끝맺지 못했다. 영찬도 어떤 표정을 지어야 할지 몰라 땅바닥만 내려다봤다. 은비 지갑 속에 콘돔이 있을 줄은 꿈에도 몰랐다.

사실은 영찬의 가방에도 콘돔이 있었다. 엄마 때문에 집에 두고 다닐 수가 없어서 들고 다니는 중이었다. 영찬은 엄마가 뭘 물을 때마다 비교적 솔직하게 대답했다. 거짓말하려고 머리 쓰는 일이 귀찮았기 때문이다. 문제는 엄마가 영찬의 말을 믿지 않는다는 데에 있다. 엄마는 콘돔을 보자마자 또 다그치며 물을 게 뻔했다. 어쩌다 보니 그냥 샀어? 너 그걸 지금 말이라고 해? 학생이 콘돔을 왜 그냥 사!

영찬은 지지난주 일요일 이태원에 갔다. 거기서 길거리 농구 대회를 한다고 친구들이 보러 가자고 해서 따라나섰다. 전철에서 내려 경기장까지 걸어가는데 앞서가던 친구가 손짓을 했다.

"야, 일로 와 봐."

친구는 길가 자판기 앞에 얼굴을 바짝 대고 서 있었다.

"빨리 좀 오라고!"

녀석이 다시 소리를 질렀다. 다른 애들은 '저 새끼 또 왜 저래?' 하는 표정이었다. 영찬도 자판기 앞에 쓰인 글귀를 보기 전까지는 그랬다.

누구나 안전하게 사랑할 권리가 있습니다.

"이게 뭐야?"

애들이 자판기 앞에 번갈아 머리를 들이댔다. 이상하기 짝이 없는 자판기였다. 안에 보이는 물건은 분명 콘돔인데, 19세 이상 성인은 이용할 수 없다고 대문짝만하게 경고문이 붙어 있었다. 값도 저렴해서 동전 하나만 넣으면 자판기 안의 콘돔을 살 수 있었다.

"진짜 사도 되나?"

"되지 왜 안 되냐? 여기 청소년 전용이라고 쓰여 있잖아."

머뭇대던 아이들이 앞다투어 동전을 꺼냈다. 영찬도 동전을 빌려 콘돔을 샀다. 아이들은 콘돔을 손에 쥐고 한바탕 낄낄댄 뒤에 다시 농구를 보러 갔다.

동물원에서 돌아온 날 밤, 영찬은 책상 앞에 오래 앉아 있었다. 콘돔 생각이 머릿속에서 떠나지 않았다. 은비의 콘돔은 황금색이었다. 영찬은 포장지 바탕에 은은히 새겨져 있던 물결무늬까지 다 기억이 났다. 은비에게 바로 돌려줬는데 어느 틈에 그것까지 봤는지 스스로도 신기했다. 은비는 콘돔을 받아 영찬이 새로 사 준 지갑 안에 넣었다.

영찬은 계속 생각했다. 은비는 콘돔이 어디서 났을까. 왜 지갑에 넣어 가지고 다닐까. 영찬처럼 어쩌다 보니 그리된 걸 수도 있고, 아닐 수도 있다. 만약에 아니라면? 동물원에서부터 뒤따라온 걱정이 여전히 영찬의 발목을 잡고 있었다. 영찬은 아직 누구랑 키스해 본 적도 없었다. 입술을 마주 대고 나서 그다음에는 뭘 어떻게 해야 하는지 도무지 상상이 되지 않았다.

영찬이 얼굴을 찌푸렸다. 혹시 은비도 구석에 있던 그 원숭이들을 본 게 아닌지 의심이 들었다. 은비가 원숭이 우리 앞에서 웃음을 터뜨린 이유도 그 때문이었을지 모른다. 갑자기 앞뒤의 일들이 분명해지는 느낌이었다. 영찬은 콘돔을 건네받을 때 은비 표정이 어땠는지 떠올려 봤다. 정확히 기억나진 않지만 그냥 덤덤한 얼굴이었던 것 같다.

그에 비해 영찬은 확실히 지질해 보였다. 콘돔을 보자마자 놀라서 집에 가자고 떼쓴 꼴이 돼 버렸으니까. 영찬은 분명히 말할 수 있었다. 그때의 마음은 놀랐다기보다는 당황한 쪽에 더 가까웠다. 예상치 못한 물건이 등장하면 누구나 보일 수 있는 정도의 당혹감, 그 이상도 그 이하도 아니었다. 하지만 다른 사람 눈에도 그렇게 보였을지는 알 수 없다. 아니었을 가능성이 더 높다. 영찬은 불현듯 화가 치밀었다.

아니, 콘돔을 보고 놀라는 게 당연하지. 지갑에서 콘돔이 뚝 떨어졌는데 그럼 안 놀라? 도대체 내가 뭘 어떻게 했어야 하는데? 하나도 놀라지 않은 얼굴로 자연스럽게 웃으면서 건전한 성생활에 대한 나의 의견을 들려줬어야 하나? 웃기지 말라 그래. 여기가 미국이야? 여기가 학생들도 막 그러는, 그런 데냐고!

영찬은 일단 생각을 멈추기로 했다. 머릿속의 생각들이 넘지 말아야 할 선을 넘어, 가지 말아야 할 곳까지 가 버린 듯했다. 영찬은 숨을 몇 번 고른 뒤에 진주에게 전화를 했다. 생각이 아주 멀리 가 버리기 전에 확인해야 할 것이 있었다.

"야, 조은비 학교에서 인기 많냐?"

조은비와 최영찬은 결국 헤어졌다.

은비는 한동안 핸드폰을 가방 안쪽에 처박고 다녔다. 혹시라도 영찬에게 연락 올까 봐 손에서 핸드폰을 놓지 못하는 자신의 모습이 마음에 들지 않았다. 그렇다고 영찬에게 먼저 전화해서 말을 건네고 싶지도 않았다. 지갑에 콘돔을 넣고 다니는 게 그렇게 대놓고 삐질 일인지 이해할 수 없었고, 자신에게 한마디도 묻지 않고 저 혼자 멋대로 화내는 짓은 더 어이가 없었다.

은비는 영찬과 헤어지기로 결심한 다음, 두 가지 일을 했다. 먼저 영찬이 선물로 준 지갑을 다시 포장해 진주에게 주었다. 진주는 돌려줄 필요 없다고 은비를 말렸다.

"아깝게, 왜? 최영찬도 네가 싸 간 도시락 먹었다며? 그걸로 퉁치면 되잖아."

은비는 싫다고 했다. 자신의 도시락이 지갑보다 무거운지 가벼운지 저울질하고 싶지 않았다. 그날의 도시락에는 값어치를 매길 수 없는 무언가가 담겨 있었다. 이를테면 마음 같은 것이었다.

그리고 은비는 콘돔을 버렸다. 콘돔을 들고 다니는 일은 생각처럼 간단치가 않았다. 은비는 진주에게도 지갑 속 콘돔에 대해 길게 설명해야 했다. 다른 사람한테는 더 긴 설명이 필요할지 몰랐다. 수연 언니는 갖고 있다가 나중에 필요할 때 쓰라고 했지만, 은비는 자꾸자꾸 설명해야 하는 그 모든 상황들이 껄끄럽고 불편했다. 마치 큰 벽 앞에 서 있는 기분이었다.

은비가 콘돔을 버린 날, 공교롭게도 영찬은 자신의 콘돔 봉투를 뜯었다. 마침 식구들이 모두 친척 할머니 장례식장에 가고 없었다. 엄마가 영찬에게도 같이 가자고 했지만 학원 숙제가 많아서 안 된다고 했다. 엄마는 집에 아무도 없다고 허튼짓하지 말고 얌전히 할 일 하라고 했고, 영찬은 그러겠다고 했다.

콘돔은 의외로 미끌미끌했다. 영찬이 동그랗게 말려 있는 콘돔을 살살 펴서 몸에 끼웠다. 사용 방법이 생각보다 어렵지 않았다. 뭔지 모를 때는 불안하고 예민해지는데 한 걸음만 앞으로 나아가면 또 다른 마음이 들었다.

누구나 안전하게 사랑할 권리가 있습니다.

콘돔 자판기 앞에 쓰여 있던 글귀가 떠올랐다. 영찬에게 사랑은 늘 뭔가를 숨겨야 하는 일이었다. 어른들한테는 설렘을 들키고 싶지 않았고, 여자애들한테는 뭐든 다 잘하는 것처럼 보이고 싶었다. 왜 꼭 그래야 하는지 스스로에게 한 번도 묻지 않았다. 영찬이 가쁜 숨을 몰아쉬었다. 잠시 후, 사방이 다시 고요해졌다.

영찬은 큰 강을 가까스로 건넌 기분이었다.

영찬이 몸을 씻고 방으로 돌아왔다. 진짜로 학원 숙제가 많았다. 책상 위에 문제집을 펼쳐 놓고 들여다보는데 글자들이 자꾸 흐릿하게 멀어졌다. 겨우 읽어 낸 글자들도 허공으로 다 흩어져 버렸다.

영찬이 한 손으로 핸드폰을 만지작거렸다. 영찬은 아까부터 은비가 보고 싶었다. 은비가 어떻게 지내는지 궁금했고 솔직하게 털어놓을 말도 있었다. 은비 말고 다른 사람에게는 도저히 할 수 없는 말이었다. 혹시나 너무 늦은 건 아닌지, 그제야 다급함이 밀려들었다.

영찬이 서둘러 은비의 전화번호를 찾아 눌렀다. 핸드폰 너머로 신호음이 울렸다. 자정이 얼마 남지 않은 시간이었다.

+ 헬멧 +

피자집 문을 열고 들어갔다. 은주가 나를 보자마자 한바탕 야단을 했다.

"야, 너 지금 몇 시야? 여기가 너 놀러 오는 데야? 아무 때나 너 오고 싶을 때 오는 데냐고!"

한 시간 늦긴 했다.

"늦으면 늦는다고 미리 연락을 해야 할 거 아냐! 너 이러고 돈 받으면 미안하지 않냐?"

솔직히 미안하지 않다. 요즘 이 돈 받고 피자 배달 뛰어 주는 사람 아무도 없다. 나나 되니까 의리 지키면서 여기 있는 거다.

"아이고, 고만 좀 해라. 나라를 팔아먹은 것도 아니고. 밥은?"

박 사장 아저씨가 주방에서 고개를 내밀며 눈을 찡긋했다. 사실 아까부터 배가 고팠다. 밥을 잔뜩 먹어도 돌아서면 또 허기가 졌다. 아저씨는 내가 한창 그럴 때라고 했다.

아저씨가 프라이팬에 볶음밥을 해서 내왔다. 아저씨는 일 시키기 전에 뭐든 꼭 배불리 먹였다. 세상에 배곯아 가면서 할 만큼 중요한 일은 없다며 일단 먹고 하라고 했다. 볶음밥을 순식간에 먹어 치웠다. 이제 움직여야 할 시간이다.

배달 상자를 들고 나가는데 은주가 또 뒤에서 소리를 질렀다.

"야, 헬멧!"

"괜찮아, 돌대가리라서 안 깨져."

은주가 기어이 헬멧을 들고 나와 내 머리통을 한 대 쳤다.

"누가 네 돌대가리 깨질까 봐 그런대? 헬멧 안 쓰고 가다 딱지 떼이면, 네가 돈 낼 거야? 네가 돈 낼 거냐고! 빨리 써!"

헬멧을 쓰면 앞이 잘 안 보여서 답답하다. 그래도 눌러쓰고 오토바이 시동을 걸었다.

아저씨의 수제 피자는 한때 꽤 유명했다. 지금은 개나 소나 다 그렇게 하지만 피자 테두리에 치즈를 넣어 구운 것도 이 동네에서는 아저씨가 처음이었다. 아저씨는 주문이 들어올 때마다 열두 종류의 피자를 직접 구웠다. 밀가루 반죽은 물론이고 토핑 재료 손질도 하나부터 열까지 다 자기 손으로 했다. '수제'라는 말이 괜히 붙은 게 아니었다. 사람들이 몰라서 그렇지, 크고 유명한 피자 체인점들도 열에 아홉은 반제품 받아다 가게 오븐에 굽기만 한다.

배달 다섯 탕 뛰고, 자루걸레로 바닥 좀 닦고, 음료수 잔 설거지까지 하고 나니 하루가 다 갔다. 배달 없을 때 잡일 시키면 싫어하는 애들도 있지만 나는 그냥 했다. 내가 안 하면 은주가 해야 하는 일들이었다. 은주도 은근히 일이 많았다. 주문도 받아야 하고, 배달 상자도 꾸려야 하고, 틈틈이 홀 손님들까지 챙겨야 했다. 홀에는 탁자가 달랑 세 개뿐이지만 사람들은 이거 달라 저거 달라 요구 사항이 많았다.

"아저씨, 저 30분만 일찍 갈게요."

"왜?"

"애들이랑 축구 보려고요."

"오늘 무슨 경기 있냐?"

"스페인이랑 국대 평가전 있어요."

은주가 팔짱을 끼고 나를 째려봤다. 나도 눈에 힘을 주고 같이 째려봤다. 은주랑 눈싸움해서 한 번도 이긴 적 없지만 굴하지 않고 또 들이댔다. 눈알에서 불이 나는 것 같아 눈을 깜빡였다. 은주가 깔깔대며 웃었다.

밖에서 오토바이 소리가 났다. 태호였다. 아저씨한테 인사하고 얼른 뛰어나가 태호 뒤에 올라탔다. 은주가 어느 틈에 따라 나와 또 잔소리를 했다.

"이종민, 너 곱게 축구만 봐. 괜히 이상한 짓 하지 말고."

오토바이가 찻길로 파고들었다. 아직 초저녁이라 그런지 길에 차가 많았다. 약속한 시간에 겨우 닿을 것 같았다. 태호가 나를 돌아보며 물었다.

"일하러 간다고 말 안 했어?"

"뭐 하러. 괜히 욕이나 얻어먹지."

나는 알바 끝나고 다시 알바를 가는 중이었다.

철규 형이 사무실 앞에서 우릴 보고 손을 흔들었다. 형 학교 졸업하고 처음 보는데 예전하고는 분위기가 확 달랐다. 뭐랄까, 어른 냄새가 났다. 형이 얘기는 나중에 하고 휴대폰에 앱부터 깔라고 했다. '김밥부터 족발까지 배달119'. 가게 음식들을 대신 배달해 주는 배달 대행업체 앱이었다. 형이 그 자리에서 승인을 해 주자 화면에 음식점 이름과 주소가 줄줄이 떴다.

예예치킨, 일미감자탕, 옛날족발.

오다가다 본 적 있는 이름들이었다. 예예치킨은 얼마 전에 은주랑 같이 가서 간장치킨을 먹은 곳이다. 방금까지 있던 음식점 이름들이 순식간에 화면에서 사라졌다.

"이쪽에 가게들이 뜨면 제일 가까운 데로 콜을 받아. 그리고 거기 가서 포장된 음식을 받아다 배달만 해 주면 끝. 어렵지 않지?"

맨날 하는 일인데 어려울 리가 없다. 궁금한 게 있을 뿐이다.

"시급 얼만데요?"

"우린 시급 없어. 무조건 건당 3천 원. 거기서 내가 5백 원 떼고 나머진 너희가 다 먹는 거야."

그렇다면 하나 배달할 때마다 2천5백 원이 남는다는 소리다. 태호가 나를 보면서 어깨를 으쓱했다. 나쁘지 않다는 뜻이다.

철규 형이 태호 오토바이 뒷자리에 노란 플라스틱 상자를 묶었다. 태호가 뒤돌아 얼굴을 구겼다. 폼이 좀 안 나긴 했다. 나한테는 정식 배달 통이 달린 형 오토바이를 빌려주었다. 원래는 오토바이 빌려줄 때 따로 돈을 받는데 오랜만에 얼굴 본 기념이라며 공짜로 쓰라고 했다. 자기도 예전에 딴 사람 오토바이 맨날 빌려 탔으면서 큰 인심 쓰는 것처럼 생색을 냈다.

"콜 들어왔다. 출발해!"

형이 우리 등짝을 툭툭 치고 사무실로 들어갔다. 그새 화면에 다른 음식점 이름이 떠 있었다.

메리치킨, 정다운야식.

나는 얼른 치킨집 콜을 눌렀다. 메리치킨은 학교 후문 옆에 있는데, 야식집은 어디 붙어 있는지 몰랐다. 태호가 휴대폰 내비게이션에 야식집 이름 치는 걸 보고 먼저 출발했다.

"야, 이 치사한 새끼야!"

태호가 뒤에서 소리를 질렀다. 나는 웃음을 참으며 액셀을 힘껏 당겼다.

부아아아아앙.

오토바이가 길 한가운데를 빠르게 내달렸다. 머리통이 다 시원했다.

새벽 한 시까지 오줌 눌 시간도 없이 동네를 누비고 다녔다. 밤에 축구 경기가 있는 날은 배달 주문이 서너 배씩 늘어난다고 했다. 그래서 우리까지 하루 알바로 긴급 투입된 것이다. 마지막 배달을 마치고 사무실에 갔더니 철규 형이 내 어깨를 툭 쳤다.

"종민이 너, 콜 스무 개나 받았냐? 이 자식 이거 재능 있는데?"

내가 배달을 몇 개 뛰었는지도 기록이 남는 모양이었다. 종이컵에다 믹스커피를 타던 다른 형이 나를 돌아봤다.

"짜식, 오토바이 좀 탔나 보다?"

나는 아니라고 고개를 저었다. 그냥 운이 좋았을 뿐이다. 같은 방향으로 가는 콜이 동시에 뜨면 두 개고 세 개고 다 잡아서 한 번에 배달을 돌았더니 콜 수가 좀 많아졌다. 내가 이 동네 지리에 훤해서 약간 더 유리할 수는 있다.

사람들이 우르르 들어왔다. 원래 여기서 배달 뛰는 형들이다. 태호랑 나까지 합쳐서 모두 일곱 명이 철규 형이랑 수수료 계산을 했다. 한 건당 5백 원씩, 그날 배달 뛴 건수만큼 각자 현금을 토해 냈다. 철규 형은 음식점 쪽에서도 관리비 명목으로 돈을 꽤 챙기는 듯했다.

태호는 기분이 안 좋아 보였다. 배달을 얼마 못 뛰어 그런가 보다 했는데 아니었다. 주택가 골목에 트럭이 세워져 있어 가까스로 비집고 나오다 담벼락에 오토바이를 긁어 먹었다고 했다. 나

가서 보니 태호가 속이 쓰릴 만했다. 몇 달을 벼르다 전체 도색한 지 일주일밖에 안 됐는데 한쪽이 희끗희끗 다 벗겨졌다. 철규 형이 야식 먹고 가라 했지만 그럴 분위기가 아니었다.

"에이, 재수가 없으려니까."

태호가 투덜대며 시동을 걸었다. 나도 트럭 운전사 욕을 하며 뒤에 올라탔다. 나 혼자 운 좋게 배달을 스무 개나 뛴 것 같아 좀 미안한 마음이 들었다.

은주를 가게 밖으로 불러냈다. 철규 형네서 알바한 돈으로 오다가 실반지를 하나 샀다. 나는 여태 이런 선물을 해 준 적이 한 번도 없었다. 우리가 정식으로 "사귀자!" 하고 사귀는 사이도 아니고 어쩌다 보니 대충 사귀는 것처럼 돼 버려서 다른 애들처럼 백 일이니, 이백 일이니 기념일을 챙기기도 애매했다. 그런데 은주가 반지를 보고도 시큰둥해했다. 갑자기 나도 김이 샜다.

"이상하면 딴 걸로 바꾸든가."

"그게 아니고, 왜 반지가 하나야? 커플링 아니었어?"

은주가 눈을 흘기며 나를 봤다.

"커플링은 커플이 끼는 거고. 내가 왜 너랑 같이 반지를 끼냐?"

마음에도 없는 말을 하고 가게 안으로 먼저 들어왔다. 사실은 반지 하나 살 돈밖에 없었다. 실반지가 그렇게 비싼 줄 몰랐다. 그래도 돈 없어서 그랬다고 말하긴 싫었다. 휴대폰을 꺼내 인터넷

검색창에 '축구 경기 일정'이라고 쳤다. 밤에 축구 중계 있는 날 알바 한 번 더 뛰어서 내 반지도 꼭 사야지 결심했다.

기회는 생각보다 일찍 찾아왔다. 철규 형이 어떻게 알고 피자집으로 날 보러 왔다. 우리는 근처 편의점에 가서 스포츠음료를 하나씩 마셨다.

"방학 한 달만 해 볼래?"

형은 나를 스카우트하러 왔다고 했다. 배달 형들 중에 한 명이 아파서 그만두는 바람에 자리가 하나 비었는데 와서 일하겠느냐고 물었다.

"너 정도면 한 달에 3백도 가능할 거 같은데."

형이 말한 '3백'이 3백만 원을 말하는 거라면 일을 안 할 이유가 없다. 요새는 박 사장 아저씨도 한 달에 3백 당기기가 쉽지 않다. 하루만 가게에 있어 보면 매상이 딱 나온다. 길 건너편에 광고 빵빵하게 하는 피자집이 들어온 다음부터 배달도 확 줄고 홀 손님도 뚝 끊겼다. 사람들은 예쁘고 잘생긴 연예인들이 나와 "우아, 맛있다!" 이러면 진짜로 그 피자가 맛있는 줄 안다. 어이없지만 그게 현실이다.

배달 있다고 문자가 와서 서둘러 가게로 돌아왔다. 은주가 배달 상자를 챙기고 있었다.

"넌 3백만 원 있으면 뭐 할래?"

뜬금없이 왜 물었는지 모르겠다. 그냥 궁금했다.

"몰라. 돈도 없는데 그딴 생각 뭐 하러 해?"

"생각도 못 하냐?"

"어, 생각도 하지 마. 네가 왜 맨날 배고픈 줄 알아? 쓸데없는 생각 하느라 기운이 빠져서 그래. 식기 전에 얼른 가."

배달 상자를 들고 나왔다. 나는 3백만 원 있으면 당장 할 게 많다. 일단 할머니 다음 달 생활비 주고, 은주랑 똑같은 반지 사고, 남는 돈으로는 중고 오토바이를 한 대 뽑을 생각이다. 박 사장 아저씨는 이것저것 다 타 봐도 시티 시리즈가 최고라고 하지만 나는 아무래도 혼다 쪽이 더 끌린다. 태호가 예전에 무슨 영상을 봤는데 혼다 오토바이를 10층 높이에서 떨어뜨린 다음 시동을 걸었더니 앞이 다 찌그러진 오토바이가 멀쩡하게 굴러가더라고 했다. 그 정도면 내구성이 거의 무한대급이라 할 수 있다. 나는 뭐든 오래 쓸 수 있는 게 좋다.

배달 갔다 와서 아저씨한테 방학 때는 일 못 한다고 말했다.

"왜? 왜 못 하는데?"

아저씨보다 은주가 먼저 따지고 들었다.

"3백만 원 벌러 간다, 어쩔래?"

나는 휘파람을 불며 가게를 나왔다. 방학이 내일모레였다.

태호한테 갔다. 태호는 오토바이 긁힌 자국을 수리하고 있었다. 움푹 파인 곳을 일일이 페인트로 메꾸고, 그 위에 다시 왁스를 발라 문지르고, 정성이 이만저만 아니었다. 태호가 감쪽같지 않느냐고 물었다. 덕지덕지 처바른 거 다 보인다고 차마 말할 수 없었다. 그래서 슬쩍 돌려 말했다.

"이참에 그냥 넘기고 새걸로 갈아타지 그래?"

빈말이 아니었다. 다 계획이 있어 하는 소리였다. 철규 형이 나를 스카우트하러 왔을 때 나도 한 가지 조건을 내세웠다.

"태호랑 같이 가도 되죠?"

형이 곤란한 표정을 지었다. 태호 배달이 느리다고 그날도 음식점에서 항의 전화가 두 번이나 왔다고 했다. 그때는 운이 나빠 그랬던 거라고 한참을 뻗대서 겨우 허락을 받아 냈다. 태호를 놔두고 혼자 의리 없이 떼돈을 벌러 갈 수는 없었다.

방학 첫날부터 폭염주의보가 떴다. 그래도 나는 겨울보다는 여름이 좋다. 더운 건 돈 없이도 해결이 되지만 추울 때 돈이 없으면 인생이 진짜 괴로워진다. 할머니는 한겨울만 되면 길바닥에서 얼어 죽은 사람 얘기를 꺼냈다. 언제 적인지도 알 수 없는 옛날 얘기였다.

나는 철규 형한테 정식으로 오토바이를 빌렸다. 빌리는 값은 한 달 치 20만 원 선불, 아니면 하루에 만 원씩이었다. 목돈이 없어서 하루에 만 원씩 까기로 했다. 기름값이랑 수리비도 다 내가 알아서 해야 했다. 철규 형은 오토바이를 세 대나 갖고 있었다. 오토바이 빌려주고 돈 받고, 배달 수수료 떼고, 이제 보니 가만히 앉아 돈 버는 데 아주 도통했다.

점심때가 가까워지자 콜이 막 쏟아졌다. 피자집에서 일할 때는 배달 주문 없는 날이 땡잡는 날이었는데 여기서는 아니었다. 배달을 한 번이라도 더 뛰어야 내 손에 쥐는 돈이 그만큼 많아졌다. 배달 형들은 자기들끼리 대놓고 신경전을 했다. 이왕이면 가깝고 편한 코스로 두 개든, 세 개든 배달을 업어 가려고 다들 눈이 벌게져 있었다.

두어 시간 정신없이 배달을 돌고 태호랑 라면을 먹으러 갔다. 뱃가죽이 등에 붙는 줄 알았다. "잘난 척하면서 가더니 밥도 못 얻어먹고 아주 쌤통이다!" 은주 목소리가 들리는 듯했다. 그래도 나중에 내가 얼마 벌었는지 얘기해 주면 은주 표정이 금세 달라질지 모른다. 3백만 원 딱 보여 주면서 "너 이걸로 뭐 할래?" 물으면 놀라서 자빠질 수도 있다.

"미친놈아, 왜 혼자 웃고 난리야?"

태호가 노란 무를 씹으며 나를 건너다봤다. 안 웃었다고 정색하고 우겼다. 이상하게 은주 생각만 하면 자꾸 웃음이 났다.

부르르르, 부르르르.

태호랑 내 휴대폰이 동시에 울렸다. 라면을 반도 못 먹었는데 콜이 떴다.

털보분식, 백제설렁탕.

"김태호, 너 분식집 눌러."

"너는?"

"빨리 누르라고, 형들 보기 전에."

태호가 누르는 걸 보고 나도 설렁탕집 콜을 받았다. 털보분식은 엎어지면 코 닿을 데라 라면을 천천히 다 먹고 가도 된다. 나는 남은 라면을 한입에 후루룩 밀어 넣고 먼저 일어섰다. 설렁탕집은 여기서 10분 넘게 달려야 한다. 문을 열자마자 더운 공기가 훅 밀려들었다.

태호는 아침부터 철규 형한테 싫은 소리를 들었다. 사이드미러 때문이었다. 형이 태호 오토바이에 달린 사이드미러를 손가락으로 툭툭 치며 짜증을 냈다. 자꾸 배달이 늦는 이유가 다 이거 탓이라고 했다. 형 말이 아주 틀린 건 아니었다. 찻길에서 자동차 사이를 요리조리 빠져나가려면 양쪽 사이드미러가 여간 거추장스럽지 않다. 속도만 생각하면 없는 편이 훨씬 낫다. 누가 진작 떼어 버렸는지 내가 빌린 오토바이에는 처음부터 사이드미러가 없었다.

태호가 배달할 때마다 조금씩 늦긴 했다. 족발이나 보쌈 같은 건 상관없는데 면 요리는 5분만 늦어도 퉁퉁 불어서 맛도, 모양도 개판이 된다. 나도 태호 때문에 자꾸 철규 형 눈치가 보였다. 그렇다고 태호한테 사이드미러를 떼라고 할 수도 없었다. 오토바이를 자기 몸보다 더 끔찍이 여기는 놈이라 그런 말이 아예 안 통했다. 당분간 나라도 이렇게 신경 쓰는 수밖에 없다.

그늘에 오토바이를 세우고 바닥에 주저앉았다. 땡볕만 피해도 좀 살 것 같았다. 아스팔트가 끈적끈적 다 녹아내릴 것 같은 날씨였다.

콜 화면에는 아직도 '수제피자'가 떠 있다. 박 사장 아저씨한테 나 없는 동안 배달 대행을 쓰라고 말해 주긴 했지만 설마 '배달119'를 쓸 줄은 몰랐다. 그렇다고 이제 와서 나 여기서 일한다고 말을 할 수도 없어서 수제피자 이름이 올라와도 못 본 척하는 중이었다.

그런데 몇 분이 지나도록 아무도 수제피자를 누르지 않았다. 다른 음식점 이름은 뜨기가 무섭게 사라지는데 수제피자만 계속 그대로였다. 왜 그런지 짐작이 갔다. 배달해야 할 곳이 너무 멀기 때문이다. 철길 너머 언덕 꼭대기 다세대주택 4층. 가는 데에만 20분이 걸리는 이태리 할아버지네 집이다.

이태리 할아버지는 피자집 단골이다. 할아버지가 몸이 멀쩡했을 때는 한 달에 한두 번씩 할머니 손을 잡고 가게에 와서 피자를 먹고 갔는데, 주문한 피자가 나올 때까지 오, 솔레미오 어쩌고 하는 이태리 노래를 계속 불러 댔다. 배 속에 마이크라도 들어 있는 것처럼 목소리가 아주 쩌렁쩌렁했다. 그런데 지난겨울 할아버지가 풍을 맞고부터는 집에서 배달을 시켜 먹었다. 원래 그렇게 먼 거리는 배달 주문을 안 받는데, 오랜 단골이고 또 아프시고 하니까 그냥 갖다드리자고 해서 내가 가끔씩 갔다 오곤 했다.

태호한테 가라고 전화할까 하다가 걔도 지금 그럴 형편이 아니라서 할 수 없이 내가 콜을 눌렀다. 이런 식으로 은주 얼굴을 보는 건 달갑지 않지만 다른 방법이 없었다.

"왜 네가 오냐?"

예상대로 은주가 나를 꼬나봤다.

"방학 때 배달 못 한다더니, 거기 가서 배달하고 있었냐?"

뭐라 할 말이 없어서 그냥 웃었다. 웃는 얼굴에 침 뱉겠나 싶었다. 그런데 다시 생각해 보니, 은주는 웃는 얼굴에 침을 뱉고도 남을 애였다. 다행히 아저씨가 주방에서 나왔다.

"아이고, 이게 누구야? 잘 지내냐? 덥지? 밥은?"

"아까 먹었어요. 할아버지 기다리시니까 바로 갈게요. 현금 계산이죠?"

피자 가격은 만 3천 원이었다. 나는 허리에 찬 돈주머니에서 만 원을 꺼내 아저씨에게 내밀었다. '현금 계산'은 배달료 받는 방식이 복잡했다. 음식값이 만 3천 원이면 내가 일단 그 음식을 배달료 뺀 값 만 원에 사고, 그걸 손님한테 배달한 다음 음식값을 다 받아 배달료 3천 원을 스스로 챙겨야 했다. 같은 가게에 두 번 걸음하는 일을 피하려고 꼼수를 쓰는 것이다. 피자 배달만 할 때는 일이 단순하고 쉬웠는데 이것저것 계산하며 배달하려니 모든 게 어수선했다.

"너 그러다 재벌 되겠다?"

은주가 내 돈주머니와 나를 번갈아 보며 비아냥거렸다. 재벌은 이 정도로 돈 벌어서 되는 게 아니라고 말해 줄까 하다가 관뒀다. 나는 재벌이 될 수도 없지만 되고 싶지도 않았다. 재벌이라고 밥에 금칠해서 먹는 것도 아니고, 딱히 부러울 건 없었다. 하지만 돈을 지금보다 더 많이 벌고 싶긴 했다. 돈 생각 좀 안 하고 살고 싶은데 돈이 없으면 그럴 수가 없기 때문이다.

"괜찮아. 다른 데서도 일을 해 봐야 경험도 쌓이고 그러지. 얼른 가. 운전 조심하고."

아저씨가 또 눈을 찡긋했다. 나는 피자가 식을까 봐 서둘러 나왔다. 가게 앞에 내가 맨날 타고 다니던 아저씨네 오토바이가 서 있었다. 양쪽에 사이드미러가 다 있었다.

이태리 할아버지는 소파에 축 늘어져 있었다. 지난번에 왔을 때보다 상태가 더 안 좋아 보였다. 할머니가 냉장고에서 찬물을 꺼내 따라 주었다. 들들들들, 거실에 선풍기 돌아가는 소리가 크게 들렸다.

"더운데 고생시켜서 어째. 할아버지가 통 밥을 못 먹어서."

"괜찮아요."

갑자기 콜이 두 개 떴다.

오촌치킨, 금빛도시락.

둘 중 아무거나 하나 받고 미친 듯이 쏘면 얼추 시간을 맞출 수 있을 것 같았다. 물을 한 번에 쭉 다 들이켰다.

"근데 학생아, 안 바쁘면 나 전구 하나만 갈아 주고 갈려? 부엌 불이 아주 나가 버려서 뭘 씻어도 지대로 씻기는지 어쩌는지 당최 뵈지가 않아."

내가 그러겠다고 대답도 안 했는데 할머니가 주섬주섬 서랍장을 뒤졌다. 예전에도 깜박거리는 화장실 등을 내가 갈아 준 적 있다. 문 앞에 있던 쓰레기봉투를 몇 번 버려 주기도 했다. 무릎이 아파서 계단을 맨날 기어 올라가는 우리 할머니 생각이 나서 그랬다.

다시 휴대폰을 보니 그새 콜이 싹 사라졌다. 여기 오느라 놓친 콜이 벌써 몇 개인지 모른다. 형들이 여길 안 오는 데에는 다 이유가 있다. 거리가 멀기도 하지만 계속 언덕길이라 기름도 많이 먹고 중간에 철길까지 건너야 해서 운 나쁘면 기차가 다 지나갈 때까지 오도 가도 못 하고 멈춰 있어야 한다. 배달 가다 신호에 걸리면 괜히 마음이 쪼이고 안달이 났다. 찻길에서는 대충 신호 까고 달릴 수 있지만 철길에서는 그러기도 어려웠다.

"옛날에 사다 둔 게 여기 어디 있었는데."

할머니는 아직도 새 전구를 찾지 못했다. 다시 콜이 떴다.

예예치킨.

나는 한 시간 동안 수제피자 한 건밖에 못 잡았다. 이것까지 놓치면 또 언제 콜이 울릴지 알 수 없다. 무조건 눌러야 한다.

"할머니, 저 지금 가야 돼요."

"간다고? 아이고, 그럼 돈을 줘야지."

할머니가 방으로 들어갔다. 소파에 앉아 있던 할아버지가 내 쪽으로 천천히 고개를 돌렸다. 할아버지 눈이 나를 보고 있었다. 내가 누군지 알아보는 듯했다. 인사를 할까 말까 망설이는데 할머니가 돈을 가지고 나왔다. 나는 얼른 돈을 받아 쥐고 계단을 뛰어 내려갔다. 시간을 너무 많이 잡아먹었다.

예예치킨 사장은 날 보자마자 인상을 썼다. 배달119 자식들은 콜 받아 놓고도 세월아 네월아 늦게 나타나서 다 식어 빠진 치킨을 들고 간다고 억지소리를 했다. 예전에 은주랑 같이 손님으로 왔을 때는 꼬박꼬박 존댓말을 하더니 배달하러 오니까 대번에 반말이다.

현금 계산이라고 해서 치킨값 2만 원에서 배달료 뺀 돈을 사장한테 주고 나왔다. 밖은 여전히 후텁지근했다. 저녁때가 다 됐는데 아직도 해가 멀쩡히 떠 있었다. 바깥에서 일하는 사람들 죽어 나는 줄도 모르고 자기 혼자 아주 기운이 뻗쳤다.

배달 가야 할 곳은 이 동네에서 가장 최근에 지어진 초고층 아파트다. 엘리베이터가 막 올라가 버려서 다시 1층으로 내려올 때까지 한참을 기다려야 했다. 겨우 잡아타고 30층까지 올라가는데 머리가 띵했다. 몸도 축축 처졌다. 얼른 집에 가서 찬물 세게 틀어 놓고 그 밑에다 머리를 처박고 싶었다.

아파트 문을 열고 나온 여자가 치킨 상자를 받더니 대뜸 카드를 내밀었다.

"현금 계산 하신다 그랬는데."

"그러려고 했는데 현금이 없어서요."

"카드기 안 가져왔는데요."

"그럼 어떡해요? 현금 하나도 없는데."

"다시 찾아보시면 안 될까요? 2만 원인데요."

"찾아봐도 없으니까 하는 말이죠. 카드 계산 할 수 있으면 먹고, 아니면 못 먹고. 어떻게 해요?"

여자가 치킨 상자를 들고 나를 빤히 봤다. 대체 어쩌라는 건지 알 수가 없었다. 나보고 다시 엘리베이터를 타고 내려가 오토바이를 끌고 치킨집에 가서 아까 내가 미리 준 돈을 도로 달라고 하고, 카드기를 들고 여기 또 와서 2만 원어치 카드를 긁고, 일을 똑바로 하네 못하네 소리를 들어 가며 배달료 3천 원을 받아 챙기라는 말인가. 가만있어도 쪄 죽을 것 같은 이 날씨에? 머리 꼭대기로 열이 확 솟구쳤다.

"어떡해요? 이거 먹어도 돼요?"

여자가 다그쳐 물었다.

"아뇨. 주세요. 그냥 가져갈게요."

여자 손에 있던 치킨 상자를 낚아채 엘리베이터를 탔다. 여자가 쫓아 나와 황당한 얼굴로 나를 쳐다봤다. 나는 닫힘 버튼을 꾹꾹 연달아 눌렀다. 엘리베이터 문이 닫히자 사방이 조용했다. 구석에 기대서서 길게 숨을 내쉬었다. 그제야 다른 생각이 밀려들었다. 다시 온다고 할 걸 그랬나, 보나 마나 치킨집에 전화해서 지금 뭐 하는 거냐 장사 이딴 식으로 할 거냐 떠들어 댈 텐데, 철규 형까지 알면 더 난리가 날 텐데, 그냥 참았어야 했는데, 참고 갔다 왔어야 했는데. 그러다 천장 구석에 달려 있는 CCTV 카메라하고 눈이 마주쳤다.

"뭘 봐, 새끼야!"

나도 모르게 고함이 터져 나왔다. 이 미친, 개 같은, 참긴 뭘 참아 새끼야! 나는 엘리베이터가 1층에 도착할 때까지 카메라 눈알을 향해 욕을 퍼부어 댔다. 누구한테 하는 욕인지도 확실치 않았다. 그냥 속이 갑갑해서 견딜 수가 없었다.

태호가 사무실 옆 편의점에서 하드를 두 개 사 가지고 나왔다. 우리는 오토바이에 나란히 앉아 하드를 깨물어 먹었다. 엊저녁 치킨 사건 때문에 아침부터 철규 형한테 뒈지게 까였다. 머리도 몇 대 얻어맞았다. 배달 가서 한 번만 더 성질부리면 그걸로 끝인 줄 알라고 했다. 나는 다시는 안 그러겠다고 순순히 대답했다.

형이 무서워서가 아니라 이번 일로 제일 손해 본 사람이 바로 나였기 때문이다. 내 돈으로 미리 낸 치킨값 만 7천 원을 결국 그대로 날려 먹었다. 배달을 일곱 번 뛰어야 모을 수 있는 돈이었다. 나는 어젯밤 태호랑 같이 뻣뻣하게 식은 치킨을 뜯어 먹으며 성질대로 살다가는 본전도 못 찾는다는 사실을 똑똑히 깨달았다.

비가 한두 방울 떨어졌다. 집에서 나올 때부터 하늘이 꾸무럭하긴 했다. 사무실에 가서 우비를 챙겨 나와야 하는데 다시 들어가기가 싫었다. 아까 얻어맞은 머리통이 아직 얼얼했다.

"난 이번 주까지만 일한다."

태호가 다 먹은 하드 막대기를 배달 통 안으로 휙 던졌다.

"왜?"

"그냥 재미없어서."

"돈을 재미로 버냐?"

"엄마도 하지 말라 그러고."

엄마 얘기를 꺼내면 나는 할 말이 없다. 나쁜 새끼, 지가 언제부터 엄마 말을 그렇게 잘 들었다고. 하긴 태호는 돈이 별로 급하지 않았다. 오토바이에 들어가는 돈까지 엄마한테 손 벌리기 싫다고 가끔 알바를 하긴 했지만, 안 해도 그만이었다. 나하고는 처지가 달랐다.

"종민아, 우리 오기 전에 있었다는 형 있잖아."

"어, 아파서 그만뒀다는 형?"

"아까 사무실에서 들었는데, 그 형 그냥 아픈 게 아니라 사고 나서 그렇게 됐대. 비 오는 날 사거리에서 미끄러져서."

"씨바, 나도 저번에 사거리에서 꺾다가 미끄러질 뻔했는데. 그래서? 많이 다쳤대?"

"죽었대."

중환자실에 한 달쯤 있다가 결국 그렇게 돼서 어제 형들끼리 장례식장에 다녀온 모양이라고 했다. 태호가 갑자기 일이 재미없어진 이유를 알 것 같았다.

콜이 떴다. 오늘 처음 뜨는 콜이었다.

하와이돈가스.

"내가 간다, 하와이."

나는 콜 버튼을 누르고 시동을 걸었다. 계속 죽은 형 얘기나 하면서 있을 수는 없었다.

"기다려. 우비 갖다줄게."

태호가 사무실로 들어갔다. 비는 오는 둥 마는 둥 했다. 이 정도면 비를 맞는 편이 오히려 나았다. 우비를 입으면 땀이 차서 더 더웠다. 얼른 갔다 오려고 그냥 찻길로 나섰다.

나는 그 형 얼굴이 또렷이 생각났다. 스페인이랑 축구 평가전 있던 날, 사무실에서 형이 나한테 그랬다. "짜식, 오토바이 좀 탔나 보다?" 형은 날도 더운데 뜨거운 믹스커피를 타서 호호 불면서 마셨다. 철규 형이 안 덥냐고 묻자 "어, 나는 원래 몸이 차." 하고 대답했다. 나중에 다시 일하러 왔을 때 그 형만 안 보이길래 아파서 그만둔 형이 그 형이구나 짐작했다. 어디가 많이 아픈가 잠깐 궁금했고 곧 잊어버렸다.

빗방울이 조금 굵어졌다. 헬멧이라도 쓰고 나올걸, 후회가 됐다. 사무실에서는 헬멧을 써라 마라 누구도 간섭하지 않았다. 그냥 다 자기가 알아서 했다. 딱지를 떼이든, 사고가 나든, 그 뒷감당도 전부 자기가 알아서 해야 했다. 철규 형이 준 계약서에 그렇게 쓰여 있었다.

빨간불에 걸려 멈춰 섰다. 빗물이 머리카락을 타고 눈으로 자꾸 흘러내렸다. 팔뚝으로 눈가를 문질러 닦다가 옆 차선에 서 있는 자동차를 봤다. 자동차 안의 사람들은 아무도 비를 맞지 않았다. 창에 빗물이 어른거려 잘 보이진 않았지만 사람들이 웃고 있는 것 같았다. 신호가 초록불로 바뀌었다. 액셀을 당기는데 오토바이가 휘청했다. 길이 미끄러웠다.

느지막이 일어나 은주를 보러 갔다. 내 집처럼 드나들던 피자집인데 며칠 걸렀다고 문짝부터 낯설었다. 아저씨가 주방에서 고개를 쑥 내밀었다.

"아침 먹었냐?"

"아니요."

가스레인지 위에 프라이팬 올리는 소리가 들렸다. 홀에는 손님이 한 명도 없었다. 은주는 나를 힐끗 보더니 계속 피자 상자만 접었다. 그래도 손에 반지를 끼고 있었다.

철규 형이 예전에 피자집으로 날 찾아왔을 때 그랬다. 배달 대행만큼 정직한 직업은 세상에 또 없다고. 많이 일한 사람은 많이, 적게 일한 놈은 적게, 딱 자기가 일한 만큼 가져가기 때문이라고. 열심히만 하면 하루에 10만 원도 거뜬히 당길 수 있다고.

하지만 매일같이 10만 원을 버는 건 불가능했다. 날씨는 좋았다 나빴다 했고 배달도 많았다 적었다 했다. 비가 오면 속도를 낼 수 없어 배달 시간이 두 배로 걸렸고 그만큼 수입이 줄었다. 내가 열심히 하지 않아서가 아니었다.

내 손에 들어왔다고 다 내 돈도 아니었다. 날마다 기름 넣고, 오토바이 빌린 값 내고, 배고프면 밥 사 먹고, 덥고 목마르면 편의점 들어가 음료수 사 마시고, 그러다 보면 하루에 몇만 원이 우습게 사라졌다. 박 사장 아저씨랑 일할 때는 한 푼도 들지 않던 돈이었다.

태호는 나보고 박 사장 아저씨한테 다시 가라고 했다. 세상에 아저씨 같은 사람 없다면서 돈이 전부가 아니라고 했다. 뭘 모르고 하는 소리였다. 할머니랑 나한테는 돈이 필요했다. 아무리 아저씨가 세상에 둘도 없는 좋은 사람이라 해도 남들 다 받는 시급만큼도 못 받고 계속 일할 수는 없었다. 나는 아저씨한테 솔직하게 털어놓을 생각이었다. 최저 시급만 맞춰 달라고, 그럼 다시 와서 일하겠다고. 큰 욕심은 버릴 수 있었다. 오토바이는 나중에 사도 괜찮았다. 사실은 나도 아저씨와 은주 옆으로 돌아오고 싶었다.

아저씨가 밥 위에 달걀부침을 세 개나 얹어 내왔다. 달걀 위에 케첩도 잔뜩 뿌려져 있었다. 나는 밥을 크게 한 숟갈 퍼서 입 속에 밀어 넣었다.

"일 잘하고 있지?"

"네."

"그래, 거기서 일 잘 배워 둬. 요즘 그게 뜨는 모양이더라."

"……."

"이 동네 가게들 봐도 중국집 빼고는 아예 배달을 안 구해. 사람 쓸 만큼 배달이 많지도 않고, 사고 나면 뒤치다꺼리 힘들고 하니까. 근데 배달을 대신 해 준다니 얼마나 좋아. 누구 아이디어인지 진짜 기발해. 종민이 너도 생각 잘한 거야."

아저씨는 역시 젊은 애들이 머리가 빨리빨리 돌아간다면서 자꾸만 나를 칭찬했다. 갑자기 밥이 목으로 안 넘어갔다.

은주랑 같이 나왔다. 아저씨가 은주보고 잠깐 바람 좀 쐬고 오라고 했다. 밖에는 바람이 불지 않았다. 어디 들어가 시원한 음료수라도 마실까 했는데 은주가 그냥 걷자고 했다. 걷기에는 무더운 날씨였다.

"망할 거면 빨리 망했으면 좋겠어."

인류 종말 얘기인가 했더니, 피자집 얘기였다.

"나도 딴 데 가서 돈 받고 알바 좀 하게."

아버지가 사장이면 좋을 줄 알았는데 아니었나 보다. 하긴 가족끼리는 돈 안 주고 일을 시켜도 어디 가서 신고도 못 한다. 은주는 자기네 가게가 진짜로 금방 망할 것 같다면서 희망이 보인다고 했다.

"내가 알바해서 돈 벌면 제일 먼저 네 반지 사 줄게."

은주가 날 돌아보며 말했다. 진심인 듯했다. 나는 고맙다고 할까 하다가 말았다. 아저씨 가게가 망하고 은주가 다른 가게에서 일한 돈으로 엄청 비싼 반지를 사 준다고 해도 솔직히 고마울 것 같지 않았다.

아저씨 가게가 그 자리에 없다고 생각하면 가슴이 철렁 내려앉았다. 태호가 말해 주기 전부터 나는 알고 있었다. 박 사장 아저씨 같은 사람은 세상에 많지 않다. 아저씨 옆에서는 일하는 게 무섭지 않았다. 한 번도 배고프지 않았고, 실수해도 괜찮았고, 조바심치며 달릴 필요도 없었다. 나는 그동안 정말 운이 좋았다.

휴대폰을 꺼내 들여다봤다. 철규 형 이름으로 부재중 전화가 세 통 찍혀 있었다. 사실 아까부터 진동이 울렸지만 무시하고 받지 않았다. 내가 말도 없이 일을 안 나가서 형은 지금 잔뜩 열이 뻗쳐 있을 것이다. 나는 바로 출발한다고 형한테 문자를 보냈다. 이제는 갈 데가 거기밖에 없었다. 은주를 피자집 앞까지 데려다

주고 사무실로 가는 마을버스를 탔다.

"이 새끼 이거."

철규 형이 나를 노려봤다. 밥 먹은 지 얼마 안 됐는데 또 허기가 졌다. 뭔가가 쑥 빠져나가 배 속이 텅 빈 것 같았다. 나는 형한테 오토바이 빌리는 값 만 원을 내고 열쇠를 받았다. 그리고 밖에 나와 오토바이에 올라타다가 다시 사무실로 들어가 구석에 있는 헬멧을 들고 나왔다.

나는 지금껏 운이 좋았지만 앞으로도 그럴 거라 자신할 수 없었다. 아니, 내 몫의 운을 모조리 써 버린 것 같아 더는 배짱부릴 마음이 들지 않았다. 심장이 혼자 숨죽인 채 뛰고 있었다. 날은 여전히 무덥고 콜은 아직 뜨지 않았다. 나는 조용히 헬멧을 눌러썼다.

+ 람부탄 +

"어? 너, 너 세디게……."

오미드가 벌어진 입을 다물지 못했다. 세디게는 눈을 바짝 내리깔고 모르는 척 오미드를 지나쳐 갔다. 오미드가 너, 너, 하며 말을 잇지 못한 것은 동네에서 멀리 떨어진 시내 쇼핑몰에서 갑자기 세디게와 마주쳤기 때문이 아니다. 세디게는 히잡을 쓰고 있지 않았다.

무슬림 여자들은 집 밖으로 나갈 때면 항상 히잡으로 머리칼을 가리고 팔다리가 보이지 않는 긴 옷을 입어야 했다. 하늘이 무너져도 꼭 지켜야 하는 계율이었다. 오미드는 세디게의 뒷모습을 멍하니 바라보았다. 세디게가 걸음을 옮길 때마다 구불구불한 갈색 머리가 출렁였다. 세디게는 팔이 다 드러나는 짧은 소매옷까지 입고 있었다. 오미드는 세디게가 아주 사라질 때까지 계속 그 자리에 서 있었다.

세디게는 화장실에서 다시 히잡을 꺼내 썼다. 가방 안에 구겨 넣었던 긴팔 셔츠도 서둘러 껴입고 단추를 채웠다. 히잡을 벗고 다니면 기분이 어떨까 문득 궁금했을 뿐, 더럽고 나쁜 생각을 한 적은 맹세코 없었다. 그런데 하필 여기서 오미드를 만나다니! 세디게가 무겁고 긴 한숨을 내쉬었다. 이제 학교에 소문나는 건 시간문제였다. 엄마는 한동안 고개를 못 들고 다닐 테고, 오빠는 또 무서운 얼굴로 세디게에게 달려들어 뺨을 올려붙일지 모른다.

'오미드 자식, 여기까지 따라와서 나를 괴롭혀.'

세디게가 입술을 꽉 깨물었다.

버스는 시내를 한 바퀴 돌아 세디게 집이 있는 동네로 접어들었다. 버스가 멈춰 서자 세디게가 가방을 챙겨 내렸다. 세디게는 그새 헐렁해진 히잡을 다시 꼭꼭 여몄다.

이 골목에는 체류 기간이 지난 아프가니스탄 사람들이 숨은 듯이 모여 살고 있다. 세디게 가족도 작년 이맘때 공항에서 짐을 찾아 곧장 이리로 왔다. 엄마는 비행기표를 구하느라 가진 돈을 다 털었고, 무엇보다 이 나라 사람들 말을 한 마디도 알아들을 수 없었다. 낯선 땅에서 몸을 의지할 수 있는 이들은 아프간 사람뿐이었다.

골목 안쪽에 사람들이 웅성대며 모여 있었다. 엘함이 세디게를 보고 뛰어왔다.

"어떡해. 너희 오빠 또 쓰러졌대. 가게 사람이 좀 전에 집까지 업고 왔어."

세디게는 사람들을 헤치고 집 안으로 들어갔다. 때에 절어 누르스름한 매트리스 위에 오빠가 눈을 감고 누워 있었다. 엄마는 동네 아줌마들에게 둘러싸여 눈물을 찍어 내느라 세디게가 온 줄도 몰랐다.

문 옆에 기대서 있던 남자가 세디게를 보더니 알은척 눈인사를 하고 밖으로 나갔다. 오빠한테 갔다가 몇 번 본 적 있는 사람이었다. 세디게는 따라 나가 인사라도 할까 하다가 그만두었다. 골목에는 보는 눈이 많았고, 사람들은 별것 아닌 일까지 시시콜콜 입소문을 냈다.

오빠가 벽 쪽으로 돌아눕자 매트리스에서 삐걱삐걱 소리가 났다. 오빠는 이제 일을 할 수 없을 거라고 세디게는 생각했다. 지난번에 쓰러졌을 때도 사정사정하여 겨우 버텼다고 했다.

오빠는 큰길가에 있는 식당에서 일을 했다. 아프간 사람치곤 영어에 능숙했고 말레이 말도 곧잘 했기 때문이다. 일은 남들보다 많이 하는데 돈은 한참 덜 받는다고 오빠가 한 번씩 억울한 얘기를 하면 엄마는 배부른 소리 말라며 얼른 말을 잘랐다. 세상에 없는 듯 살아가는 난민들에게 제대로 된 월급을 주는 사장은 어디에도 없었다. 오빠 월급의 절반만 받고도 군소리 없이 일하는 아프간 사람들이 사방에 넘쳐 났다.

"내가 네 숙제까지 해 갈게. 걱정 말고 오빠 챙겨."

엘함이 세디게를 안고 등을 다독여 주었다. 엘함의 손길은 언제나처럼 부드러웠다.

세디게는 아침 내내 학교에 갈지 말지 망설이다가 늦게 집을 나섰다. 오빠도 오빠지만 오미드가 자꾸 마음에 걸려 발이 안 떨어졌다. 사람들이 그 일에 대해 따져 물으면 당장 뭐라고 해야 할지 막막하기만 했다.

처음부터 작정하고 시내에 나간 것도 아니었다. 시장에 갔다가 길바닥에 떨어진 교통카드를 주웠는데 아무리 기다려도 주인이 나타나지 않았다. 카드 안에 돈이 얼마나 남아 있는지 알기 어려웠다. 어쩌면 못 쓰는 카드일지도 몰랐다. 그래서 잠깐 확인만 하고 내리려고 버스에 올라탔는데, 문득 정신을 차리고 보니 버스가 시내 한복판을 지나고 있었다. 세디게는 높은 건물과 화려한 간판 들에 홀려 자기도 모르게 버스에서 내리고 말았다. 이상하게 가슴이 뛰고 걸음이 가벼웠다. 사람들은 정신없이 거리를 지나갔고 아무도 세디게를 쳐다보지 않았다. 갑자기 뭐든 할 수 있을 것 같은 생각이 들었다. 그래서 잠깐, 아주 잠깐 그런 짓을 하고 말았다.

'신은 나를 용서하시겠지만 사람들은 그러지 않을 거야.'

세디게는 주머니 속의 교통카드를 학교 앞 쓰레기 더미 위에 얼른 던져 버렸다.

세디게가 교실 문을 살짝 열었다. 깐깐하기로 소문난 영어 선생님이 세디게를 잠깐 흘겨보더니 수업을 계속했다. 세디게는 엘함 옆 빈자리에 가서 앉았다. 특별히 힐끗대는 아이도 없고 엘함도 싱긋 웃고는 다시 칠판을 바라보았다. 오미드가 아직은 입을 놀리지 않은 듯했다.

숙제 검사 시간에 엘함이 세디게에게 글자가 반듯반듯 적힌 종이를 내밀었다. '나의 꿈'에 대해 영어로 작문해 오는 것이 지난 시간 숙제였다.

'나는 나중에 스튜어디스가 되고 싶습니다. 비행기 타는 걸 좋아하기 때문입니다.'

세디게는 엘함이 대신 해 준 숙제를 읽다가 픽 웃고 말았다. 세디게는 태어나서 비행기를 딱 한 번 타 봤고, 귀가 터질 것처럼 아파서 끔찍하게 고생을 했다. 이란에서 이곳 말레이시아로 건너올 때였다.

이란 국경에는 나라 밖으로 탈출한 아프간 사람들이 많았다. 전쟁을 피하려면 어쩔 수가 없었다. 하지만 이란 정부는 난민들에게 발급한 체류 허가서를 연장해 주지 않았고, 사람들은 다시 갈 곳을 찾아 헤매야 했다. 그중 한 무리가 임시 비자를 받아 말레이시아로 건너왔다. 운이 좋으면 대사관 인터뷰를 통해 호주나 유럽으로 갈 수 있다는 소문이 사람들을 들뜨게 했다. 그러나 세디게는 지금껏 인터뷰했다는 사람을 한 명도 보지 못했다. 짧은 체류 기간이 끝나고 다시 발이 묶인 아프간 사람들은 말레이시아 구석구석으로 기약 없이 숨어들었다.

세디게는 쉬는 시간 종이 울릴 때마다 도서실로 뛰어 들어가 밖으로 한 발짝도 나오지 않았다. 도서실은 오미드가 절대로 오지 않는 곳이었다. 세디게는 계속 가슴 졸이며 오미드를 피해 다녔다. 세디게 얼굴을 보면 오미드 머릿속에 그 일이 번뜩 떠오를 테고, 그러면 틀림없이 "세디게가 말이야." 하면서 큰 소리로 떠들어 댈 것만 같았다. 그러다 화장실 앞에서 그만 오미드와 마주치고 말았다. 세디게 얼굴이 확 달아올랐다. 여태 애쓴 보람도 없이 결국 망신을 당하는구나 싶었다. 그런데 오미드가 좀 이상했다. 마치 그 일을 까맣게 잊어버린 사람처럼 멀뚱멀뚱 세디게를 쳐다보더니 그냥 교실로 들어가 버렸다.

'오빠가 아프다는 얘기를 듣고 나를 가엾게 여기는지도 몰라.'

세디게가 가슴을 가만히 쓸어내렸다.

세디게 엄마는 학교 청소 일을 시작했다. 달리 방법이 없었다. 오빠는 결국 일자리를 잃었고, 집세며 약값을 대려면 당장 돈이 필요했다. 교장 선생님이 세디게네 딱한 사정을 알고 청소 일을 내주지 않았다면 세디게라도 나서서 허드렛일을 찾아봐야 할 형편이었다.

엄마는 원래 학교를 좋아하지 않았다. 처음 세디게가 학교에 가고 싶다고 했을 때도 뱃속에 바람 든 계집애라고 여러 날 욕을 해 댔다. 학교를 만든 사람들이 무슬림이 아니었기 때문이다. 종일 집에서만 뒹굴던 아프간 아이들에게 영어와 셈법을 거저 일러 주는 건 다행한 일이었지만, 남자와 여자를 한 교실에 앉혀 놓고 가르치는 건 아무래도 탐탁지가 않았다. 학교를 다니면서 세디게는 오빠에게 더 자주 말대꾸를 했고, 그때마다 오빠는 분을 참지 못하고 온 동네가 시끄럽게 큰소리를 냈다. 엄마는 이 모든 분란이 학교 탓이라고 생각했다.

세디게는 이제 수업이 끝나도 집에 가지 못하고 엄마 일을 도와야 했다. 조잘대며 노는 아이들 옆에서 화장실 청소를 하면 속이 터질 것 같았다. 그렇다고 그냥 가 버릴 수도 없었다. 엄마는 아프간 말밖에 할 줄 몰랐다. 교장 선생님과 엄마가 무슨 얘기든 하려면 세디게가 중간에서 통역을 해야만 했다. 선생님은 세디게가 엄마 말을 영어로 전할 때마다 틀린 문장을 콕 집어내 바르게 고친 다음, 다시 말해 보라고 했다. 아이들이 옆에서 그 모습을 다 지켜봤다.

세디게가 엘함네 집 문을 열고 들어갔다. 잠깐 푸념이나 좀 하고 갈 생각이었다. 세디게는 시장에 가는 길이었다. 엄마가 감자를 사 오라고 했다. 속에 감자를 넣은 아프간 빵 볼라니는 오빠가 제일 좋아하는 음식이었다. 요즘 세디게는 마음 편히 있을 곳이 없었다. 집에 가면 아픈 오빠가 누워 있고, 학교에 가면 오미드가 활개 치는 모습을 봐야 했다. 어디를 가나 답답하기는 마찬가지였다.

엘함이 세디게를 보자마자 손을 잡아끌고 방으로 들어갔다. 엘함 집에는 컴퓨터가 있었다. 같이 사는 삼촌과 고모가 모두 일을 하고 있었고, 일찌감치 호주로 건너간 친척도 가끔 돈을 부친다고 했다.

"내가 끝내주는 걸 찾았어."

엘함이 인터넷에서 동영상을 찾아 틀었다. 세디게 눈이 휘둥그레졌다. 화면 속에서는 히잡을 쓴 여자들이 무대에서 랩을 하고 있었다. 짙은 화장을 하고 몸을 흔들며 빠르게 말을 쏟아 내는 사람들은 분명 무슬림 여자들이었다.

"당신이 들어야 할 말, 내 안에 숨겨진 진실, 누가 내 입을 틀어막나, 그 손 치워! 당장 치워!"

무대 아래 사람들이 환호성을 질렀다. 화면에 '무슬림 시스터즈'라는 글씨가 떴다 사라졌다.

"저기가 어디야?"

"미국."

엘함이 거울 앞에서 고모 립스틱을 바르며 대답했다. 엘함은 틈만 나면 고모 옷을 꺼내 입고 화장품을 훔쳐 발랐다. 엘함 고모는 시내 화장품 가게에서 점원으로 일했고, 동네 아줌마들의 화장품 심부름을 도맡아 했다. 엘함이 세디게를 돌아봤다. 입술이 꽃잎처럼 빨갰다.

"우리도 나중에 미국 가서 살자."

"그래, 그러자."

엘함이 같이 가서 살자는 나라는 하루가 멀다 하고 바뀌었다. 어느 날은 호주로 가자고 했다가 또 어느 날은 호주보다 프랑스가 백배는 더 좋은 곳이라고 했다. 세디게는 그때마다 무조건 그러자고 했다. 엘함이 있는 곳이면, 오래오래 살 수 있는 곳이면 어디라도 상관없었다.

세디게가 감자를 한 봉지 사서 들고 옷 가게 앞에 멈춰 섰다. 반짝이 구슬이 달린 청바지가 아직 그 자리에 걸려 있었다. 세디게는 시장에 올 때마다 이 바지를 보려고 일부러 옷 가게 골목을 지나갔다. 바지를 사고 싶다는 생각을 한 적은 없었다. 그냥 아무도 사 가지 않기를 바랄 뿐이었다.

"바지 사려고?"

세디게가 흠칫 놀라 돌아봤다. 검은 머리의 남자가 세디게를 보고 웃었다. 아픈 오빠를 집까지 업고 왔던 식당 사람이었다. 세디게가 아니라고 얼른 고개를 내저었다.

남자는 한 손을 바지 뒷주머니에 꽂고 다른 손으로는 채소가 가득 담긴 비닐봉지를 들었다. 녹색 채소들 사이로 붉은 람부탄

한 묶음이 고개를 내밀고 있었다. 람부탄은 촉수처럼 긴 털로 뒤덮인, 아기 주먹만 한 열대 과일이다.

"오빠는 좀 어때?"

"오빠는……, 괜찮아요."

사실은 괜찮지 않았다. 오빠는 여전히 어지럼증에 시달렸다. 하지만 매일 약을 한 움큼씩 먹으며 버틸 뿐, 병원 갈 엄두를 내지 못했다. 골목 사람들은 누구나 다 그랬다.

"람부탄 좋아해?"

남자가 갑자기 물었다. 세디게는 그제야 자기가 계속 람부탄을 보고 있었다는 사실을 깨달았다. 남자는 채소 다발이 든 봉지를 바닥에 내려놓더니 람부탄을 하나 떼서 바지에 대고 툭툭 털었다. 세디게는 남자가 하는 짓을 가만히 바라보았다. 남자는 빙긋이 웃으며 람부탄 가운데쯤을 엄지손톱으로 꾹꾹 눌러 틈을 벌리기 시작했다. 남자의 손길이 지날 때마다 붉은 껍질이 벗겨지고 하얀 속살이 드러났다. 달큼한 냄새가 훅 건너왔다. 남자가 먹기 좋게 껍질을 깐 람부탄을 내밀었다. 세디게는 얼떨결에 람부탄을 받아 들었다. 남자가 다시 짐을 챙겨 들며 말했다.

"식당에 놀러 와. 어딘지 알지?"

"네."

세디게가 겨우 대답했다.

집에 가려면 신호등 없는 큰길을 건너야 했다. 차들이 속도를

줄이지 않고 달려서 사고가 많은 곳이었다. 세디게는 큰길을 어떻게 지나왔는지 생각이 나지 않았다. 골목에 접어든 뒤에야 걸음을 멈추고 숨을 몰아쉴 수 있었다. 손에는 아직 입도 대지 않은 람부탄이 그대로 있었다.

세디게는 담벼락에 등을 대고 한참을 서 있었다. 람부탄을 먹고 싶은지, 먹고 싶지 않은지 자기 마음을 알기 어려웠다. 세디게가 람부탄을 천천히 입에 가져다 댔다. 하얀 과육이 혀에 닿자 단맛이 쫙 감겨들었다. 지독한 달달함이었다. 세디게가 앞니로 람부탄을 한 입 베어 물었다. 축축한 살점이 입 속으로 미끄러져 들어왔다. 세디게는 갑자기 온몸이 찌르르하고 다리에 힘이 풀렸다.

끼이익.

자전거 멈추는 소리가 났다. 세디게가 람부탄을 얼른 삼키고 소리 나는 쪽을 돌아봤다. 오미드가 한쪽 발끝으로 땅을 짚은 채 자전거 위에 앉아 있었다. 세디게 눈썹이 곤두섰다. 세디게는 며칠만이라도 오미드를 좀 안 보고 싶었다. 하지만 좁은 골목에 다닥다닥 붙어 사는 처지라 하루에도 몇 번씩 마주칠 수밖에 없었다.

"뭘 봐?"

세디게가 따지듯 물었다.

"아무것도 안 보는데?"

세디게는 오미드의 대답이 마음에 들지 않았다. 사람을 빤히 내려다보고 있으면서 아무것도 안 본다니, 말도 안 되는 소리였다. 세디게가 한마디 더 쏘아붙이려다가 입을 다물었다. 요즈음 오미드한테 자꾸 뭔가를 들키는 것 같아 괜히 기가 죽었다.

"맛있냐?"

오미드가 세디게 손에 있는 람부탄을 턱으로 가리켰다.

"그래, 맛있다, 왜!"

세디게가 홱 돌아서 엘함 집 쪽으로 뛰어갔다. 엄마가 늦었다고 잔소리할 게 뻔했지만, 엘함에게 람부탄 얘기를 다 털어놓지 않으면 가슴이 터져 버릴 것 같았다.

세디게는 더 가까이 가려는 엘함을 붙잡아 세우느라 진땀을 뺐다. 조금만 더 가면 그 남자 눈에 뜨이고 말 텐데, 엘함이 자꾸만 앞으로 나아가려 했다.

"잘 안 보여서 그래."

엘함은 눈이 안 좋았다. 칠판 글씨도 흐릿하게 보인다고 했다. 선생님은 엘함에게 안경을 써야 한다고 충고했지만, 엘함은 눈을 가늘게 뜨면 다 잘 보인다고 우겼다. 그러고는 필기할 때마다 세디게에게 공책을 보여 달라고 했다. 안경 사 달라고 하면 당장 학교를 그만두라고 할 텐데 어떻게 그 말을 꺼내느냐고, 세디게에게만 속 얘기를 했다.

세디게와 엘함은 식당이 멀리 보이는 곳에 서 있었다. 벌써 한 시간째 식당 쪽을 힐끔대는 중이었다. 엘함이 또 물었다.

"지금은 뭐 하고 있어?"

"꼬치 구워."

"아직도?"

"어, 아직도."

남자는 식당 앞에 서서 고기 꼬치를 굽고 있었다. 불 위에 얹은 고기가 구워질 동안 새 꼬치에 고기 조각을 꿰고, 틈틈이 고기가 타지 않게 뒤집고, 다 익은 고기를 불에서 내리고, 빈 자리에 새 꼬치를 또 올렸다. 지루하게 반복되는 일이었다.

"눈은 커?"

"아니. 크지 않아. 그런데 눈이 계속 웃고 있어."

"착한 사람인가 보다. 코는 어떻게 생겼어?"

"코는 동글동글해. 가끔 코를 찡그려. 버릇인가 봐."

"입은?"

"입은……."

세디게가 남자 입술을 유심히 보다가 저 혼자 놀라 고개를 숙였다. 람부탄을 또 한 입 베어 문 것처럼 가슴이 두근두근했다.

"입은 어떻게 생겼냐니까?"

"몰라. 이제 가자."

집에 돌아오는 길에 엘함이 한 가지 계획을 세웠다. 이번 토요일에 그 식당에 가서 같이 저녁을 먹자고 했다. 고모를 졸라 용돈을 좀 받으면 국수 두 그릇쯤은 사 먹을 수 있다고, 돈 걱정은 말라고 큰소리를 쳤다. 세디게에게도 돈이 조금 있었다. 시장에 엄마 심부름 다니며 생긴 부스러기 돈을 아무도 몰래 모아 두었다. 고기 꼬치 두 개 값은 될 것 같았다.

세디게가 집에 와 보니 부엌에 람부탄이 한 묶음 놓여 있었다. 조금 아까 오미드가 가져온 거라며, 엄마가 오미드 칭찬을 늘어놓았다. 요즘 젊은것들은 사내애 계집애 할 것 없이 속에 헛바람이 들어 날뛰는데 오미드는 마음이 신실하여 어려운 이웃을 제 몸처럼 돌본다고, 이 골목에 정신이 똑바로 박힌 애는 오미드밖에 없다고 했다. 람부탄 한 묶음에 칭찬이 과했다. 세디게는 오미드가 예배 시간에 자전거 타고 큰길 돌아다니는 걸 봤다고 말할까 하다가 그만두었다. 토요일 저녁에 외출을 하려면 당분간 고분고분 지내는 편이 나았다.

세디게가 히잡을 벗다 말고 얼굴을 찡그렸다. 생각할수록 오미드 하는 짓이 어이가 없었다. 자기를 놀리는 게 틀림없다고 생각했다. 세디게가 처음 학교에 왔을 때, 오미드는 사사건건 세디게의 비위를 건드렸다. 세디게 영어 발음이 좀 어눌하고 이상하긴 했지만 그래도 번번이 키득대며 웃는 아이는 오미드뿐이었다. 학교 후원자들이 보내 준 피자를 나눠 먹던 날에도 세디게가 생전 처음 먹는 피자를 들고 신기해하자, 오미드가 "아유, 촌뜨기!" 하며 크게 웃어 세디게를 무안하게 했다.

세디게가 다른 여자애들처럼 가만있지 않고 때마다 대거리를 해서 일이 더 커지기도 했다. 여자애들은 일고여덟 살만 되면 새삼 남자 여자를 따지며 제 식구 아닌 남자들과 말 섞는 일을 피했다. 세디게도 대체로 그러려고 노력했다. 그런데 오미드만 옆에 있으면 자꾸 목소리 높일 일이 생겼다. 오미드는 일부러 말꼬리를 잡아 시비를 걸고, 히잡을 잡아당기고, 영어 말투를 따라 하며 킬킬거렸다. 엘함은 그냥 참으라고 했지만 세디게는 그럴 수가 없었다. 딴 사람은 몰라도 오미드한테만은 그러고 싶지 않았다. 세디게와 오미드는 하루에도 몇 번씩 눈을 치켜뜨고 실랑이를 했다. 한번은 서로 어깨를 밀치며 싸우다 교장 선생님한테 걸려 쉬는 시간이 끝날 때까지 교실 뒤에 서 있기도 했다.

그래 놓고 이제 와서 점잖은 척 오빠 병문안을 다녀가다니, 도무지 속을 알 수 없는 녀석이었다. 지난번 그 일을 계속 모르는 척하는 것도 못내 수상쩍었다. 무슨 꿍꿍이가 있는 것만 같았다.

'어디 멋대로 해 보라지. 누가 가만있을 줄 알고.'

세디게가 머리를 모아 질끈 묶었다. 학교 숙제가 많았다. 계속 오미드 생각만 하고 있을 수는 없었다.

시간이 더디게 흘러 겨우 토요일이 되었다. 세디게는 아침부터 집 청소를 하고 오빠가 먹을 음식을 요리했다. 기도 시간에 기도도 열심히 했다. 엄마 눈에 나지 않도록 말대꾸도 일절 하지 않았다. 그런 다음 정성 들여 머리를 감고, 하나밖에 없는 청바지를 꺼내 다리고, 블라우스 색깔에 맞춰 히잡을 골랐다. 혹시 몰라서 다른 색깔 히잡을 하나 더 챙겼다. 둘 중 어느 것이 더 나은지 엘함에게 물어볼 생각이었다. 다행히 오빠는 잠이 들었고, 엄마는 어딜 갔는지 아까부터 보이지 않았다. 세디게는 조용히 집을 나섰다. 이제 엘함 집에 가서 엘함 고모의 립스틱을 살짝 바르기만 하면 모든 준비가 끝나는 셈이다.

그런데 엘함 집 문이 잠겨 있었다. 식구가 많아 늘 열려 있던 문이었다.

"엘함, 엘함."

세디게가 여러 번 부른 뒤에야 엘함이 문을 조금 열고 밖을 내다보았다. 세디게라는 걸 알고 엘함이 비척비척 밖으로 나왔다. 이제 곧 출발해야 하는데 엘함은 아직도 집에서 입는 옷차림이었다. 눈까지 퉁퉁 부어 있었다.

"너 왜 그래? 무슨 일 있어?"

엘함은 세디게를 끌고 집 뒤쪽으로 가더니 바닥에 주저앉아 울기 시작했다. 세디게는 마음이 급했다. 토요일 저녁이라 너무 늦게 가면 식당에 자리가 없을지도 몰랐다.

"엘함, 일단 씻자. 얘기는 가면서 하고."

세디게가 엘함을 일으켜 세우려 했지만 엘함은 고개를 내저으며 더 크게 흐느꼈다. 엘함이 눈물범벅이 된 얼굴로 세디게를 보았다.

"세디게, 어떡해. 우리, 오늘 밤에 간대."

"오늘 밤에? 어딜?"

"배 타러."

세디게가 엘함 옆에 털썩 주저앉았다. 새로 빨아서 다린 바지였지만 이제 그런 건 하나도 중요하지 않았다.

세디게도 골목 사람들이 배를 몰래 얻어 타고 다른 나라로 밀입국한다는 얘기를 들은 적 있다. 배 밑바닥 생선 창고 같은 데서 한 달 가까이 숨어 지내며 바다를 건넌다고 했다. 밀항 브로커들에게 엄청난 돈을 내야만 가능한 일이었다. 오빠 약값에 끼니 걱정까지 해야 하는 세디게 집 형편으로는 꿈도 못 꿀 일이지만, 엘함네는 사정이 달랐다. 엘함네 식구들은 어떻게든 살길을 찾기 위해 오래전부터 돈을 모으고 있었다.

'엘함을 살아서 다시 볼 수 있을까?'

세디게가 입술을 아프게 깨물었다. 신에게 물어도 답을 들을 수 없을 것 같았다.

엘함은 배 타는 일이 겁난다며 또 눈물을 쏟았다. 골목에는 매일같이 흉흉한 소문이 흘러 다녔다. 얼마 전에는 돈을 다 받아 챙긴 브로커와 선장이 바다 한가운데서 배에 불을 지르고 사라져 어른 아이 수십 명이 아우성치다 죽어 갔다는 얘기가 떠돌았다. 인도네시아 해안에서 붙잡힌 아프간 가족 일곱 명이 본국으로 추방되어 군인들 손에 들어갔다는 끔찍한 얘기가 들리기도 했다. 혹 운이 좋아 어딘가에 무사히 닿는다 해도 사람들은 거기서 또다시 밑바닥 삶을 시작해야 했다.

세디게는 자꾸만 무섭고 억울한 생각이 들었다. 두 눈을 힘주어 뜨고 있는데도 눈물이 후드득후드득 떨어졌다. 엘함이 세디게를 꼭 끌어안고 울먹였다.

"세디게. 내가 제일 좋아하는 세디게. 죽을 때까지 네가 보고 싶을 거야. 널 지켜 달라고 신께 매일 기도드릴게."

세디게는 엘함의 품에 안겨 소리 없이 울었다.

그날 밤, 세디게가 다시 엘함 집을 찾았다. 창문에 불이 다 꺼져 있었다. 이제 엘함은 여기에 없고 세디게는 하늘 아래 혼자 남겨진 것처럼 서러운 마음이 들었다. 엘함은 세디게가 태어나 처음으로 마음을 다 준 친구였다. 눈물이 또 차올랐다.

골목은 다른 때보다 더 고요했다. 아침저녁으로 웃고 떠들며 인사하던 이웃이 어느 날 갑자기 보이지 않아도 사람들은 모르는 척 또 살아갔다. 그들이 어디로 갔는지 아무도 알지 못했다. 알아도 안다고 내색하지 않았다. 골목 사람들은 그림자처럼 깃들어 살다가 바람처럼 사라졌고, 숨죽여 헤어지는 일은 일상이 되었다. 떠난 이들이 부디 나쁜 소문으로 돌아오지 않기를 바랄 뿐이었다.

세디게는 밤길을 걷고 또 걸었다. 어디로 걷는지도 모르는 채 계속 걸었다. 허깨비가 붙은 것처럼 다리가 자꾸만 어딘가로 나아갔다. 알록달록한 전구가 번갈아 반짝이는 걸 보고 고개를 드니 식당 앞이었다. 엘함과 같이 저녁을 먹기로 했던 그 식당이었다.

세디게의 바지 주머니에는 엘함이 준 돈이 있었다. 엘함은 이제 말레이시아 돈이 필요 없다면서 가진 돈을 전부 세디게에게 주었다. 국수 다섯 그릇을 사 먹고도 남을 만큼 큰돈이었다. 엘함 생각을 하자 세디게 가슴이 또 미어졌다.

식당 안에서 음료수를 마시던 남자가 세디게를 보고 다가왔다.

"어? 너 혼자 왔어?"

세디게가 고개를 끄덕였다. 목이 잠겨 소리가 나오지 않았다. 남자가 세디게를 빈자리로 데리고 가서 앉기 좋게 의자를 빼 주었다. 세디게가 무너지듯 자리에 앉았다.

"뭐 먹을래?"

남자가 물었다. 남자의 목소리는 다정했고 여전히 웃고 있었다. 세디게는 여기 오기를 잘했다고 생각했다. 엘함도 틀림없이 그렇게 생각할 것 같았다. 세디게는 배에 힘을 꽉 주고 대답했다.

"저거 주세요."

세디게가 옆자리 사람이 먹는 걸 가리켰다. 국수였다. 엘함과 같이 먹기로 했던 국수를 이젠 혼자 먹어야 했다. 남자가 알았다며 뒤돌아 주방으로 걸어갔다.

세디게는 남자의 뒷모습을 바라보았다. 남자는 등짝마저 순해 보였다. 그래서 마음이 놓이고 숨이 쉬어졌다. 세디게가 히잡 밖으로 빠져나온 머리칼들을 찬찬히 밀어 넣었다. 히잡을 다시 여미고 나니, 없던 용기가 한 줌 생기는 듯했다.

세디게는 남자가 국수를 가져오면 무슨 말이든 하려고 마음먹었다. 아니, 꼭 하고 싶은 말이 있었다. 여기 같이 오려고 했던 친구에 대해, 약으로 하루하루를 버티고 있는 오빠에 대해, 군인들의 총에 맞아 목숨 줄을 놓은 아버지와 자식 둘을 데리고 나라 밖을 떠도는 늙은 엄마에 대해. 그리고 또 말하고 싶었다. 갈 곳 없는 자신에 대해, 자신의 이 모든 슬픔과 두려움에 대해.

한 번도 입 밖에 꺼낸 적 없던 얘기였다. 세디게는 아직도 영어를 잘 못하고 가끔 틀린 문장을 말하지만 그래도 상관없었다. 한마디 말로도 마음을 다 전할 수 있을 것만 같았다.

"아는 애야?"

"어. 예전에 여기서 일하던 애 동생."

"혼자 왔대? 이 시간에, 설마 너 보려고?"

"무슨 생각 하는 거야? 그냥 불쌍한 애야."

"불쌍하긴 뭐가 불쌍해!"

"아니야. 재네들 진짜 불쌍해. 답이 없는 인생이라고."

"넌 너무 착해서 탈이야. 하긴 그래서 내가 널 좋아하지만."

주방 앞에서 남자와 여자가 무슨 말인가를 주고받았다. 여자는 새침한 얼굴을 했다가 다시 웃음을 터뜨렸다. 여자가 두 손으로 남자 뺨을 쓰다듬자 남자가 여자 허리에 손을 얹었다. 둘은 스스럼없이 말하고 웃고 서로를 어루만졌다. 세상의 슬픔과 두려움은 그들 몫이 아닌 듯했다.

주방에서 국수가 담긴 그릇이 나왔다. 남자가 그릇을 들고 주문한 사람에게로 갔다. 그런데 여자애가 보이지 않았다. 화장실에 갔겠지 하며 남자가 탁자 위에 국수를 내려놓았다. 주인 없는 국수가 천천히 식어 갔다.

세디게는 월요일 아침 학교에 가지 못했다. 밤새 열이 오르더니 온몸에 열꽃이 피었다. 눈도 잘 뜨지 못했다. 덜컥 겁이 난 세디게 엄마가 학교로 달려갔고, 교장 선생님이 집에 찾아와 세디게에게 서둘러 해열제를 먹였다.

세디게는 그 뒤로도 사흘을 더 약을 먹고 누워 있었다. 열이 내린 뒤에도 밖에 나가지 않았다. 하루 종일 멍하니 벽을 보고 앉아 엘함 생각을 했다. 엘함은 지금 어디에 있을까, 엘함은 지금 어디에 있을까, 엘함은 지금 어디에 있을까. 똑같은 생각을 하고 또 하다가 다시 잠이 들었다. 가끔씩 오미드가 부엌에 람부탄을 두고 갔지만, 세디게는 람부탄에 손도 대지 않았다.

학교가 쉬는 일요일이었다. 세디게는 아침부터 눈물 바람을 하는 엄마 때문에 억지로 집을 나섰다. 엄마의 눈물은 마를 날이 없는데 세디게는 요즘 이상하게 눈물이 나오지 않았다. 온몸이 돌덩이처럼 무거워 한 걸음 내딛기가 어려웠다. 담벼락을 짚고 걸어도 자꾸만 무릎이 꺾이고 아무 데나 주저앉고 싶었다.

학교 마당에서 텅, 텅, 공 부딪는 소리가 났다. 아무도 없는 학교에서 오미드가 혼자 농구공을 던지고 있었다. 세디게가 마당 구석에 쭈그리고 앉았다. 오미드가 공을 튀기다 말고 세디게 쪽으로 다가왔다.

"괜찮아?"

세디게는 자신이 괜찮은지 아닌지 생각할 기운이 없었다. 그래서 그냥 고개를 끄덕였다. 오미드가 공을 땅에 튀겼다.

쿵, 쿵.

세디게는 속이 울렁거리고 세상이 거꾸로 뒤집히는 것 같아 눈을 꽉 감았다.

"오미드, 그거, 공, 하지 말아 줄래?"

공 소리가 멈추었다. 울렁임이 서서히 가라앉자 세디게가 다시 눈을 떴다. 앞에 있던 오미드가 보이지 않았다. 오미드는 두 손으로 공을 들고 살금살금 걸음을 옮기고 있었다. 세디게는 오미드가 엉거주춤 걷는 모습을 물끄러미 보았다. 오미드는 신발장 앞에 공을 가만히 내려놓고 다시 돌아서 살금살금 걸으려다 세디게와 눈이 마주쳤다. 오미드가 멋쩍게 웃었다. 세디게도 희미하게 따라 웃었다.

다시 세디게 옆으로 온 오미드가 주머니에 손을 넣고 동전을 짤랑거렸다.

"람부탄 사다 줄까?"

세디게가 대답했다.

"나 람부탄 안 좋아해."

람부탄의 달콤함 속에는 떫은맛이 숨어 있다. 어쩌다 가운데 씨앗 쪽을 잘못 깨물면 떨떠름한 기운이 입 속에 퍼져 아무리 침을 뱉어도 없어지지 않았다. 달콤함은 금방 사라지지만 떫은맛은 오래오래 가시지 않았다.

오미드가 다시 물었다.

"그럼 뭐가 좋아?"

세디게는 자신이 무얼 좋아하는지 생각해 본 적 없었다. 무언가를 좋아해도 된다고 아무도 말해 주지 않았다. 세디게의 세상에는 하면 안 되는 것과 할 수 없는 것들만이 남아 있었다. 세디게가 무심히 입을 열어 말했다.

"나는 학교가 좋아. 아무도 떠나지 않는 학교."

오미드가 어깨를 으쓱하였다. 동전으로 살 수 있는 거라면 좋을 텐데 그렇지 않아서 곤란한 얼굴이었다. 학교 마당에 바람이 불었다. 물기 한 점 없는 메마른 바람이었다.

+ 언니네 집 +

어릴 때 마당 넓은 집에 잠깐 살았던 적이 있다.

마당 한쪽에는 예전 주인이 닭을 키웠던 철망 우리가 있었고, 엄마는 이사한 다음 날 닭 대신 토끼를 사 와서 그 안에 넣고 언니와 나를 불렀다. 엄마는 어떻게든 언니의 마음을 달래고 싶었던 것 같다. 언니는 엄마한테 잔뜩 화가 나 있었다. 느닷없이 이사를 하는 바람에 친한 친구들과 허겁지겁 헤어졌고, 새로 이사 온 동네에는 문구점도 너무 멀리 있었다. 그즈음 언니는 친구들하고 문구점에 우르르 몰려가 스티커 사는 일에 빠져 있었다. 나는 친구가 별로 없어서 이 동네든 저 동네든 심심하기는 마찬가지였다. 다행히 토끼가 두 마리였다.

토끼들은 하루 종일 입을 오물대며 풀을 먹었다. 아침마다 마른풀을 수북이 넣어 줘도 학교 갔다 오면 풀 바구니가 텅 비어 있었다. 학교에서 오는 길에 민들레나 토끼풀을 따다가 넣어 주면 철망에 코를 비벼 대며 받아먹기도 했다. 갈색 토끼는 힘이 셌고 먹는 속도도 빨랐다. 그래서 매번 애가 탔다. 내 토끼는 하얀 토끼였다.

언니가 먼저 갈색 토끼에게 이름을 지어 줬다.

“얘는 이제부터 코코아야.”

나도 하얀 토끼 이름을 짓느라 머릿속이 바빴다.

“그냥 밀크로 해. 코코아와 밀크, 딱 좋네.”

언니가 나를 돌아봤다. 내 토끼니까 내 마음대로 이름을 짓고 싶었는데, 밀크보다 더 예쁜 이름이 떠오르지 않았다.

언니는 언제 화를 냈냐는 듯이 새 동네를 누비고 다녔다. 금세 친구도 사귀었다. 그런데 나는 아침마다 눈꺼풀이 무거웠다. 이사 오고 나서부터 밤에 자꾸 잠이 깼다. 창밖에서 들리는 소리 때문이었다.

처음에는 어느 집 아기가 잠투정을 하는 줄 알았다. 아기는 밤새 지치지도 않고 울었다. 아기 걱정도 되고 무서운 생각도 들고 해서 자는 언니를 살살 흔들어 봤지만 아무 소용 없었다. 언니는 한번 잠들면 어지간해서는 깨지 않았다.

“엄마, 옆집 아기가 밤에 계속 울어. 어디 아픈가 봐.”

아침밥 먹다가 엄마한테 말했더니 아기가 아니라 고양이 울음소리라고 했다.

“고양이가 같이 놀려고 친구 찾는 소리야.”

팔에 오스스 소름이 돋았다. 학교 오가는 길에 눈매가 또렷한 고양이들을 본 적 있었다. 동네에는 떠돌아다니는 길고양이들이 많았다. 걔네들이 밤마다 창문 아래서 목을 쳐들고 놀아 줘, 놀아 줘, 한다고 생각하니 다시는 잠을 잘 수 없을 것 같았다.

"엄마, 우리 옛날 집으로 다시 가면 안 돼?"

뒤늦게 엄마한테 투정을 부려 봤지만 엄마는 "어, 안 돼." 하고는 그만이었다.

.

코코아와 밀크는 어둠을 좋아했다. 해가 저물면 움직임이 더 빨라졌고, 사각사각 이 가는 소리도 커졌다. 한낮에는 지금통처럼 가만히 앉아 있을 때가 많았다. 날이 점점 더워지고 있었다.

엄마가 집에 늦게 오는 날에는 우리끼리 저녁밥을 챙겨 먹곤 했다. 그날도 언니랑 같이 달걀을 부쳐서 밥을 먹고 마당으로 나갔다. 골목의 가로등 때문에 마당이 주황빛으로 어스레했다. 토끼장 앞에 서 있던 언니가 나를 돌아봤다.

"토끼장 문, 잠깐 열어 줄까?"

언니는 코코아랑 밀크가 답답할 것 같다고 했다. 나는 애들이 집 밖으로 도망쳐 버리면 어쩌나 걱정이 돼서 안 된다고 고개를 저었다. 골목 끝이 야트막한 산으로 이어져 있어서 한번 놓치면 도무지 찾을 길이 없어 보였다. 그런데 언니가 자꾸만 나를 다그쳤다.

"누가 너보고 하루 종일 방에만 있으라고 하면 좋아, 싫어? 빨리 대답해. 좋아, 싫어?"

얼른 말이 안 나왔다. 나는 학교 가지 말고 혼자 방에서 놀라고 하면 더 좋을 것 같았지만 토끼는 아닐 수도 있었다. 토끼는 원래 깡충깡충 뛰어다니는 애들이었다. 마른풀을 씹던 밀크가 마치 내 대답을 기다리는 것처럼 두 귀를 바짝 세웠다. 어쩔 수 없었다. 우리는 대문이 잘 잠겼는지, 담벼락에 토끼가 빠져나갈 만한 구멍이 없는지 일일이 살핀 뒤에 토끼장 문을 열었다.

열린 문으로 코코아가 먼저 튀어나왔다. 코코아는 코를 움찔대며 앞발로 땅을 몇 번 파더니 마당을 이리저리 뛰어다니기 시작했다. 밀크도 주춤주춤 토끼장을 빠져나왔다. 나는 밀크가 어디로 아주 가 버릴까 봐 옆에서 숨을 죽이고 서 있었다. 그때 언니가 소리를 질렀다.

"저거 봐."

코코아가 마당 한가운데서 공중으로 몸을 날렸다. 뒷다리를 쭉 편 채로 뛰어올라 몸을 비틀고, 다시 펄쩍 뛰어올라 몸을 비틀고, 신이 나서 어쩔 줄 모르겠다는 듯이 자꾸자꾸 몸을 비틀며 날아올랐다. 언니가 허리를 구부리고 키득키득 웃었다.

"코코아는 자기가 새인 줄 아나 봐."

밀크는 화단에 코를 박고 풀을 뜯어 먹느라 정신이 없었다. 엄마는 토끼한테 아무 풀이나 주면 안 된다고 여러 번 말했다. 아기 토끼들은 뭐가 독초인지 구분을 못 해서 주는 대로 다 먹고 탈이 날 수도 있다고, 민들레나 토끼풀만 뜯어다 주라고 했다. 그런데 밀크가 자꾸 나팔꽃 이파리에 입을 대고 오물거렸다. 나팔꽃은 먹어도 괜찮으냐고 엄마한테 물어보고 싶은데 전화를 할 수가 없었다. 중요하지 않은 일로 전화를 하면 엄마가 화를 냈다. 나는 화단 옆에 쪼그리고 앉아 "고만 먹어. 고만 먹어." 하며 애를 태우다 도저히 안 되겠어서 밀크를 덥석 안았다. 다행히 밀크가 발버둥 치지 않고 가만히 있었다. 나는 밀크의 하얀 등을 천천히 쓸어내렸다. 얇은 티셔츠 너머로 한 덩어리의 온기가 느껴졌다. 이상하게 마음이 뭉클했다.

그날 저녁의 기억은 한 장의 사진처럼 남아 있다. 어둑한 마당에서 언니는 자기가 제일 좋아하는 보이 그룹의 노래를 부르며 춤을 췄고, 코코아는 몸을 길게 늘여 하늘로 뛰어올랐고, 밀크는 내 다리 주변을 쉬지 않고 빙글빙글 돌았다. 그리고 나는 엄마 없는 집이 처음으로 무섭지 않았다.

우리는 마당 넓은 집에서 반년쯤 살았다. 몇 달 미뤄졌던 새 아파트 입주가 시작되자 엄마는 다시 서둘러 이삿짐을 쌌다. 엄마는 새 아파트로 들어간다는 사실에 흥분해 있었다. 20년 동안 나누어 갚아야 할 빚이 생기긴 했지만, 엄마 이름으로 된 첫 집이었다.

이사하는 날, 아저씨들이 마당을 가로질러 오가며 짐을 날랐다. 엄마는 하루 종일 밖에 있으려면 춥다면서 겨울 코트를 꺼내 우리에게 입혔다. 겨울옷을 입기에는 이른 때였다.

언니와 나는 코트 주머니에 손을 집어넣고 담벼락을 따라 마당을 어슬렁거렸다. 밤나무 아래에는 누렇게 말라 떨어진 잎들이 그대로 쌓여 있었다. 위쪽에 몇 개 매달려 있는 밤송이들도 색이 다 바랬다. 얼마 전까지만 해도 밤송이 떨어지는 소리에 깜짝깜짝 놀라곤 했다. 밤송이들이 토끼장 지붕 위로 떨어지면서 텅, 터덩, 터더덩, 큰 소리를 냈다. 밤 떨어지는 소리인 줄 알면서도 번번이 놀라 가슴을 쓸어내렸다. 덕분에 고양이들은 얼씬대지 않았다.

토끼장은 텅 비어 있었다. 우리는 토끼장 앞에 말없이 서서 안쪽을 들여다보았다. 구석에 풀 바구니와 물통이 그대로 있었다.

"얘들아, 가자."

엄마가 우리를 불렀다. 언니가 대문 쪽으로 뛰어갔다. 나도 언니를 따라 뛰다가 마당 중간쯤에서 멈춰 섰다. 그리고 몸을 돌려 토끼장과 밤나무를 한 번 더 봤다. 속으로라도 한마디, 짧은 인사라도 하고 싶은데 얼른 생각나는 말이 없었다. 뒤에서 엄마가 내 이름을 불렀다. 아저씨들 기다리신다고, 어서 오라고. 돌아보니 엄마 옆에서 언니가 손짓을 하고 있었다. 빨리 와, 하는 손짓이었다.

"몇 시 차야?"

세 번쯤 말한 것 같은데 엄마가 또 차 시간을 물었다.

"열한 시 차."

네 번째 말해 주고 배낭에 수학 문제집을 챙겨 넣었다. 엄마가 나가다 말고 지갑에서 5만 원짜리 지폐를 꺼내 내밀었다. 노르스름한 지폐 속에는 얹은머리를 한 아줌마가 입을 꾹 다문 채 어딘가를 보고 있었다. 할 말은 많지만 지금은 하지 않겠다는 표정이었다.

"저녁에 고기 사 먹어. 햄버거 같은 거 먹지 말고."

햄버거에도 거의 빠짐없이 고기가 들어가지만 걔네들은 홍길동이랑 신세가 비슷했다. 엄마에게는 불판에 지글지글 구워 먹는 고기만 고기 대접을 받았다. 돈을 받아 지갑에 챙겨 넣었다. 뭘 사 먹든 넉넉한 돈이었다.

언니에게 가는 길이었다. 언니는 몇 달 전 서울 변두리에 방을 얻어 독립했고, 나는 여름방학 동안 언니 집에 있으면서 학원 특강을 듣기로 했다. 서울 학원은 뭐가 달라도 다르지 않겠느냐고 엄마를 졸라 겨우 허락을 받아 냈다. 시외버스가 작은 도시를 빠져나갔다. 서울까지 두 시간 거리인데 자리에 앉자마자 속이 울렁거렸다.

언니는 서울 간 뒤로 집에 한 번도 내려오지 않았다. 서울, 서울, 노래를 부르더니 집 생각이 아예 안 나는 모양이었다. 별수 없이 엄마랑 내가 언니를 보러 가끔 서울에 올라갔다.

그런데 나는 어쩐지 서울이 별로였다. 서울에 갈 때마다 사람들 빼곡한 해수욕장 모래밭 끄트머리에 겨우 돗자리 펴고 앉아 있는 기분이 들었다. 물장구도 제대로 못 치고 사람 구경만 하다 지쳐서 집에 돌아오는 이상한 물놀이 같았다.

딱 하나 마음에 드는 점이 있기는 했다. 서울에서는 지하철을 타고 어디든 갈 수 있고, 신기하게도 지하철 안에서는 멀미가 나지 않았다.

터미널에서 지하철을 타고 언니 집 근처에서 내렸다. 언덕길을 오르는데 등에서 훅훅 열이 났다. 지하철역 근처에서 이것저것 뭘 사는 바람에 손에 비닐봉지까지 여러 개 들고 있었다. 언니는 옥탑방에 살았다. 3층 건물의 계단들을 겨우겨우 오른 뒤에 철문을 열고 밖으로 나갔다. 옥상에는 그늘 한 점 없었다.

창문이 닫혀 있어서 언니가 안에 없는 줄 알았다. 전화를 했더니 언니가 부스스한 머리로 문을 열고 나왔다.

"배고프지?"

언니가 물었다. 아침에 빵 한 조각 먹은 게 다였지만 괜찮다고 했다. 언니가 해 주는 밥을 먹기는 틀린 것 같았다. 언니는 한쪽 팔에 깁스를 하고 있었다.

나는 창문을 활짝 열고 김밥을 쌌다. 안 그래도 오는 길에 엄마가 준 돈으로 김밥 재료들을 좀 샀다. 고기 사 먹으라는 엄마 말이 마음에 걸려서 햄은 제일 비싼 걸로 골랐다. 언니가 서울 간 뒤로는 한 번도 김밥을 싸 먹지 않았다. 나 혼자 먹자고 부산 떨기가 좀 그랬다. 엄마는 김을 먹지 않았다. 바다 비린내가 난다고 했다. 나는 언니 집 부엌에서 김밥을 열 줄 쌌고, 언니랑 둘이 앉은자리에서 다섯 줄을 해치웠다.

해가 졌는데도 옥상 바닥이 뜨끈뜨끈했다. 배가 너무 불러서 체조나 하려고 옥상 가운데로 나왔다. 중학교 다닐 때 수행평가로 체조 시험을 본 적이 있다. 그래서 한동안 저녁마다 집에서 체조 연습을 했다. 수행평가는 망쳤지만 그 뒤로도 나는 가끔 혼자서 체조를 했다. 자기 전에 체조를 하면 하루 종일 뒤틀린 몸이 도로 반듯해지는 것 같아 기분이 좋았다.

"손이 발등까지 닿아야지. 왜 동작을 하다가 말아?"

"너 허리가 그거밖에 안 구부러지냐? 나무토막인 줄."

"숨 내쉴 때 고개도 숙여야 하는 거 아냐? 그래, 그렇게."

언니는 옥상 난간에 기대앉아 동작마다 잔소리를 했다. 계속 다른 말만 지껄이고 깁스 얘기는 하지 않았다.

이틀 전에 언니가 전화를 했다. 다짜고짜 방학 때 서울에 와 있으면 안 되느냐고 물었다. 나는 그냥 하는 말인 줄 알았다. 그런데 어느새 혼자 작전까지 다 짜 두었다. 엄마한테는 방학 동안 서울에 있는 학원 다닌다 하라고, 자기가 엄마한테 따로 전화도 해 주겠다고 했다. 언니는 내가 뭐 물어보려고 전화할 때마다 알바 중이라고 후딱 끊기 일쑤였다. 나중에 다시 전화한다 하고 감감 무소식인 적이 더 많았다. 그런데 갑자기 무슨 바람이 불었는지 자기 집에 오라고 자꾸만 성화였다.

나는 마지막 숨쉬기 동작까지 끝낸 다음 언니에게 물었다.

"머리 언제 감았어?"

언니는 내 체조 동작을 트집 잡는 사이사이 깁스 안 한 손으로 머리통을 긁어 댔다. 언니도, 나도 자라면서 몸에 깁스를 해 본 적이 없었다. 나는 감기 끝에 폐렴이 와서 병원에 사흘 입원한 적 있고, 언니도 감자 썰다 감자 대신 엄지손가락을 써는 바람에 찢어진 살을 일곱 바늘 꿰맨 적 있지만, 깁스는 처음이었다. 나는 언니가 왜 나를 급히 불러 올렸는지 알 것 같았다.

목욕 의자에 언니를 앉혀 놓고 머리를 감기면서 예전에 엄마가 했던 말을 똑같이 했다. 인형 머리 감겨 주며 놀 때도 우리는 이 말을 꼭 했다.

"눈 꼭 감아. 비눗물 들어가도 난 몰라."

그런데 물이 계속 쫄쫄쫄 나왔다. 3층 꼭대기까지 올라오느라 물도 숨이 가쁜 듯했다. 언니는 비눗물이 다 씻겨 내려갈 동안 아주 오래 눈을 감고 있어야 했다.

한밤중에 잠이 깼다. 바닥 이불이 얇아서 그런지 허리가 배겼다. 언니가 매트리스 위에서 자라고 했는데 그냥 바닥에 이불을 폈다. 자다가 언니 팔이라도 건드리면 어쩌나 걱정이 됐다. 이제라도 위로 올라갈까 어쩔까 고민하다가 언니 쪽으로 돌아누웠다. 그런데 매트리스 위에 언니가 무릎을 세우고 앉아 있었다. 잠이 쑥 달아났다.

"뭐 해?"

"그냥, 잠이 안 와서."

쉽게 잠들지 못하거나 밤새 자다 깨다 하는 건 내 전문이었다. 언니는 옆에서 누가 TV를 보든 말든 "나 잔다." 소리와 함께 바로 잠들었고 알람이 울릴 때까지 깨지 않았다. 아주 가끔 몸이 아플 때만 깼다. 언니가 자다 일어나 "나 머리 아파." 해서 만져 보면 온몸에 열이 펄펄 끓었다.

뼈에 금이 가면 어떤 통증이 어떤 강도로 느껴지는지 나로서는 알 길이 없었다. 그런데 언니가 자다 깨서 우두커니 앉아 있었다. 그냥 좀 아픈 정도가 아니라는 뜻이었다. 뭐라도 해야 하나 싶었다.

"언니, 코코아 생각나지?"

처음부터 토끼 얘기를 하려던 건 아니었다. 그냥 이런저런 얘기나 좀 하다가 언니가 잠들면 나도 자야지 했을 뿐이다. 그래서 엄마가 브로콜리 가져가라 했는데 무거워서 두고 왔다는 얘기를 하고, 제주도 이모가 양배추랑 브로콜리를 한 상자 보내 줬는데 먹을 사람이 없어 큰일이라는 얘기도 하고, 양배추로 피클을 담그기도 한다던데 맛이 이상하지는 않을까 씹을 때 물크랑하지는 않을까 어쩌고저쩌고, 그러다가 토끼 얘기가 나왔다. 코코아랑 밀크, 걔네들 주면 엄청 좋아했을 텐데. 코코아 진짜 먹보였는데. 언니, 코코아 생각나지?

오랜만에 마당 집 얘기를 했다. 아주 잠깐 살았을 뿐인데, 나는 어린 시절을 거기서 다 보낸 것처럼 할 말이 많았다.

"내가 이건 진짜 말 안 하려고 했는데."

잠깐 멈칫하긴 했다. 이제 와서 굳이, 하는 생각을 한 것도 같다. 그런데 계속 말을 안 하는 것도 우스운 일이었다. 그 뒤로 시간이 이만큼 흘렀고 언니도, 나도 더는 어린애가 아니었다. 생각해 보니, 나는 그때 열 살이었다. 고작 열 살짜리가 왜 그런 결심을 했을까. 그날 나는 평생 비밀을 간직하기로 혼자 마음먹었다.

좀 뜻밖이었다. 나는 내가 그 사건을 얼추 잊은 줄 알았다. 세상에는 다급하고 중요한 일들이 많았고, 기를 쓰고 외운 영어 단어도 이틀만 지나면 기억 속에서 흐물흐물 지워졌다. 그런데 그 얘기를 해야지 생각하자마자 그날의 색과 소리와 냄새들이 한꺼번에 떠올랐다. 누군가 "서프라이즈!" 하면서 눈가리개를 열어젖힌 것 같았다.

엄마는 저녁 무렵 수박을 한 통 사 들고 집에 왔다. 그리고 부엌칼로 수박을 반으로 잘라 한쪽으로 화채를 만들었다. 엄마가 사이다를 퀄퀄퀄퀄 따라 붓던 생각이 난다. 나는 투명한 유리그릇에 담긴 빨간 화채를 실컷 먹었고, 자기 전까지 화장실에 여러 번 다녀왔다.

왜 잠이 깼는지는 모르겠다. 무서운 꿈을 꾸었을 수도 있고, 잠결에 무슨 소리를 들었을 수도 있다. 눈을 뜨고 나니 또 화장실에 가고 싶었다. 어떻게든 참고 다시 자려고 해 봤지만 그럴수록 더 오줌이 마려웠다. 할 수 없이 일어나 문을 열고 깜깜한 거실로 나왔다. 한 걸음, 두 걸음, 세 걸음쯤 걸었을 때였다.

크르르릉.

밖에서 이상한 소리가 들렸다. 나도 모르게 고개를 돌려 거실 유리창을 내다봤다. 그런데 마당 한가운데에 코코아가 있었다. 골목의 가로등 불빛 때문에 코코아의 그림자가 뒤로 길게 늘어져 있었다. '코코아가 왜 마당에 나와 있지?' 생각하는 순간 코코아가 펄쩍 뛰어올랐고, 거의 동시에 검은 물체가 휙 코코아를 덮쳤다. 나는 두 손으로 입을 막았다. 비명이 터져 나올 것 같았다. 당장 문을 열고 나가 코코아를 구해 줘야 할 것 같은데 발이 떨어지지 않았다. 검은 물체가 아직도 코코아 옆에 있었다.

나는 엄마 품에서 엉엉 울었다. 어떻게 안방까지 가서 엄마를 깨웠는지는 잘 생각나지 않는다. 엄마는 내가 울면서 하는 얘기를 듣더니 내 손을 잡고 마당으로 나갔다. 아까 그 자리에 코코아가 옆으로 누워 있었다. 코코아는 우리가 다가가도 움직이지 않았다. 조그만 얼굴에 핏자국이 선명했다.

"아이고, 이게 뭔 일이야?"

엄마가 코코아 머리를 받쳐 들자 몸이 아래로 축 늘어졌다. 또 눈물이 쏟아졌다. 아까 보자마자 뛰어나왔어야 했는데, 그랬으면 괜찮았을 텐데. 전부 내 탓인 것만 같았다. 그러다 퍼뜩 밀크 생각이 나서 토끼장을 돌아봤다. 밀크는 안에 가만히 앉아 밖을 내다보고 있었다. 눈물 때문에 앞이 어른거리는데도 밀크가 귀를 쫑긋쫑긋 움직이는 모습이 분명히 보였다.

엄마는 나보고 안에 들어가 있으라고 했지만 그럴 수가 없었다. 나는 훌쩍훌쩍 울며 싫다고 고집을 부렸다. 엄마의 한숨 소리가 들렸다. 엄마가 토끼장 옆에 있던 모종삽을 들고 밤나무 아래로 갔다. 코코아와 밀크의 똥을 치울 때 쓰던 모종삽이었다. 엄마가 뒤돌아 앉아 땅을 파는 동안 나는 토끼장 옆에 쪼그리고 앉아 울면서 오줌을 누었다. 눈물은 줄줄 나는데 오줌도 더는 참을 수가 없었다. 그때 그 소리를 들었다.

춉춉춉춉.

귀에 익숙한 소리였다. 나는 잠옷을 도로 치켜 입으면서 옆을 돌아봤다. 밀크가 토끼장 문 옆에 웅크리고 있었다. 나는 밀크를 자세히 보려고 토끼장 앞으로 걸어갔다.

촙촙촙촙, 촙촙촙.

밀크가 바구니에 코를 박고 마른풀을 씹고 있었다. 나는 손등으로 눈물을 닦고 밀크를 내려다봤다. 코코아가 세상에서 아주 사라진 날 밤, 나는 오줌을 누고 밀크는 먹이를 먹었다. 그 사실이 오래도록 잊히지 않았다.

다음 날 아침, 나는 늦잠을 잤다. 지난밤 일이 꿈인지 아닌지 머릿속이 멍해서 잠옷 차림으로 마당으로 나갔다. 언니가 토끼장 앞에 서 있었다. 토끼장 안에는 밀크가 혼자 돌아다니고 있었다. 코코아는 어디에도 보이지 않았다. 꿈이 아니라고 생각하니 모든 게 다시 막막해졌다. 그런데 언니가 이상한 말을 했다.

"코코아, 어젯밤에 탈출한 거 같아."

언니는 토끼장 구석을 손가락으로 가리켰다.

"저기 구멍 보이지? 땅을 파고 밖으로 나갔나 봐."

정말로 한쪽 구석에 동그랗게 땅을 판 자국이 있었다.

"내가 그랬지? 코코아 진짜 똑똑하다고."

나는 차마 아니라고 말할 수 없었다.

"엄마한테, 말했어?"

언니에게 사실을 얘기해 줄 사람은 엄마밖에 없었다.

"어, 엄마도 그랬어. 코코아 탈출한 거 같다고."

그 뒤로 나는 언니 앞에서 코코아 얘기를 꺼내지 않았다. 내가 본 것을 그대로 말하는 일도, 엄마처럼 거짓말로 둘러대는 일도

다 엄두가 나지 않았다.

그해 가을, 엄마는 마당에 떨어진 밤들을 부지런히 주워서 삶았고 나는 밤을 먹고 자주 배가 아팠다.

언니 표정이 어떤지 보이지 않았다. 왜 바로 말 안 했느냐고 뭐라고 할 줄 알았는데 아무 소리가 없었다. 불쑥 후회가 됐다. 오밤중에 왜 하필 이런 얘기를 늘어놓았는지, 내가 내 머리를 한 대 쥐어박고 싶었다. 그런데 언니가 뜻밖의 말을 했다.

"나 알고 있었어. 코코아 죽은 거."

자리에서 벌떡 일어나 앉았다. 여태 언니 기분을 살피고 있었는데 정작 놀란 사람은 언니가 아니라 나였다.

"어떻게 알았어?"

"엄마가 말해 줬어. 밤나무 옆에 묻었다고."

"언제?"

"코코아 죽은 다음 날 아침에."

어이가 없었다. 그래 놓고 나한테는 코코아가 탈출해서 멀리멀리 갔다고 시치미를 떼다니.

"나는 너 모르는 줄 알고. 알면 또 펑펑 울 것 같아서. 너 울면 얼마나 귀찮은 줄 알아?"

그래서 언니는 나 때문에 울지도 못한 걸까. 아니면 혼자 숨어서 울었을까. 그때 다 털어놓고 언니랑 같이 부둥켜안고 울었으면 좋았을 텐데 하는 생각이 들었다. 새삼 울기에는 시간이 너무 많이 지나가 버렸다. 언니가 어둠 속에서 물었다.

"후회했을까?"

나는 두고두고 후회했다. 그때 뛰어나가 코코아를 구하지 못한 것이 줄곧 마음에 남았다. 어쩔 수 없는 일이었다고, 그러니 괜찮다고 아무리 말해 줘도 내 마음이 계속 자기가 나빴다고 칭얼거렸다.

"코코아 말이야. 후회했을까?"

"뭘?"

"토끼장 밖으로 나온 걸."

오래전 그날 밤, 내 기억 속의 코코아는 마당 한가운데서 몸을 잔뜩 움츠리고 있었다. 마지막으로 펄쩍 뛰어오르기 전이었고, 아마도 날카로운 이빨을 드러낸 누군가와 눈을 마주하고 있었을 것이다. 그 순간 코코아는 무슨 생각을 했을까. 에이 씨, 괜히 나왔네. 밀크야, 너는 거기서 절대로 나오지 마. 발로 땅을 차면서 후회의 신호를 보냈을까.

언니가 부스럭부스럭 자리에 누워 깁스한 팔을 배 위에 올렸다. 나도 도로 누워 천장을 올려다봤다. 창 너머로 차 지나가는 소리가 들렸다.

특별할 것 없는 하루들이 지나갔다. 느지막이 일어나 밥을 챙겨 먹고, 쫄쫄쫄 흐르는 물로 몸을 씻고, 핸드폰으로 온갖 라이브 방송들을 챙겨 보다가 엄마가 학원 잘 다니느냐고 전화를 하면 속으로 '아, 맞다!' 하면서 문제집 펴 놓고 잠깐 공부를 했다.

저녁마다 체조도 계속했다. 나를 물끄러미 보기만 하던 언니가 어느 날부터인가 내 옆에 서서 같이 팔다리를 휘둘렀다. 한 손에 깁스를 하고서도 못 하는 동작이 없었다.

"왜 나였을까 계속 생각했어."

언니가 덤덤한 목소리로 말했다. 우리는 막 체조를 끝내고 수박 모양 하드를 하나씩 입에 물고 있었다. 하드를 절반쯤 먹었을 때 내가 별생각 없이 묻기는 했다. 그래서 깁스는 대체 왜 하고 있는 거냐고.

나는 언니를 의심하고 있었다. 클럽 가서 춤추다 넘어진 게 틀림없다고 거의 확신했다. 아니라면 엄마한테 말을 안 할 이유가 없었다. 언니는 팔을 다치는 바람에 알바도 그만두었고, 엄마가 언니 통장으로 보낸 내 학원비를 야금야금 까먹는 중이었다.

"처음 보는 사람이었어. 그 사람도 나를 모르는 거 같았어. 그냥 아무나 걸려라, 누구든 상관없다, 그랬던 게 아닐까 생각했는데. 그런데 아니었어."

언니가 말을 멈추고 천천히 숨을 들이마셨다.

"기다렸던 거야, 나 같은 사람을. 자기가 함부로 할 수 있는 사람을."

언니는 그 순간을 아주 여러 번 돌이켜 봤다고 했다. 너무 갑작스레 일어난 일이었고, 도무지 믿기 어려운 일이라 그랬을 것이다. 언니 얘기를 듣는 내내 나도 그랬다.

그날 언니는 알바 교대를 하고 버스 정류장으로 걸어가는 중이었다고 했다. 막판에 시재가 안 맞아서 몇 번씩 확인하느라 머리가 아팠고, 음악을 들으려고 잠깐 서서 이어폰을 찾는데 갑자기 누가 언니 몸을 세게 밀쳤고, 언니가 중심을 잃고 바닥에 쓰러지자 그 사람이 언니를 발로 밟고 욕을 한 뒤 어디론가 사라져 버렸고…….

언니는 욱신대는 몸을 이끌고 근처 파출소에 가서 신고를 했지만 CCTV에 멀리 찍힌 것만으로는 용의자를 찾기 어렵다는 말만 들었다고 했다.

"병원에서 깁스를 하고 집에 오는데 화가 나서 참을 수가 없었어. 내가 무슨 짓을 해서라도 그 새끼를 꼭 찾아내서 나한테 한 것처럼 똑같이 밟아 주려고 했어. 그런 다음 내가 아는 욕을 다 퍼붓고 얼굴에다 대고 아아아아악 소리를 질러 주겠다고……."

하지만 언니는 내가 서울에 온 뒤로 한 번도 밖에 나가지 않았다. 팔이 아니라 다리를 다친 사람처럼 옥상 위에서만 뱅뱅 돌았다. 그래서 내가 매일 동네 슈퍼마켓을 오가며 먹을 것들을 사다 날라야 했다.

언니 얼굴은 어딘가 모르게 지쳐 보였다.

"나중에는 또 이런 생각도 했어. 이건 내 잘못도 아니고, 재수 더럽게 없네, 개새끼, 그러고 그냥 넘어가자. 나쁜 꿈 꿨다 치자. 그런데 그게 잘 안 돼. 이상하게 밖에만 나가면 누가 확 달려드는 거 같고, 그러면 가슴이 너무 빨리 뛰어서 숨이 안 쉬어져."

나는 언니 얘기를 들으면서 수박 맛 하드를 마저 다 먹었다. 무슨 맛인지도 모르고 먹었다. 언니가 먼저 울기라도 했으면 옆에서 훌쩍훌쩍 따라 울었을 텐데 언니는 긴 한숨을 몇 번 쉬고는 그만이었다. 그래도 뭔가 위로의 말이 필요하지 않을까 해서 아까부터 입에서 맴돌던 말을 하려고 했다.

언니, 무서웠겠다.

그런데 막상 소리 내 말하려고 하니 진짜로 무서운 생각이 들었다. 옥상 구석 어두컴컴한 데서 누가 와락 튀어나올 것만 같았다. 그래서 얼른 다른 말을 했다.

"언니, 머리 감을래?"

나는 아프지 않게 살살, 정성 들여 오래오래 언니의 머리를 감겨 주었다. 눈 꼭 감아, 비눗물 들어가도 난 몰라, 하고 다그치지도 않았다. 눈에 들어간 비눗물은 괜찮을 때까지 헹구어 내면 될 일이었다.

그날 밤은 유난히 더웠다. 언니는 선풍기를 제일 세게 틀어 놓고 그 앞에 앉아 머리를 말렸고, 나는 그동안 계핏가루를 천 주머니에 넣어 창문 옆에다 매달아 두었다.

"다른 집도 이렇게 할까?"

"설마."

우리는 같이 웃었다. 엄마한테는 계피가 만병통치약이었다. 여름에는 모기를 쫓는다고 손가락만 한 계피 막대기를 여기저기 꽂아 두고, 겨울에는 큰 통에 가득 수정과를 끓여서 베란다에 내놓고 저녁마다 한 국자씩 떠 주었다. 계피를 먹으면 몸이 뜨듯해져서 감기에 안 걸린다고 했다. 우리는 엄마가 촌스럽다고 뒤에서 흉을 봤다. 모기 안 물리게 몸에 바르는 약도 많고 감기 예방하는 비타민 C도 알약, 가루약, 씹어 먹는 약, 종류별로 차고 넘치는데 왜 조선 시대 의녀 흉내를 내느냐고 웃긴다고 했다. 그러고는 학교 갔다 오면 식빵을 바싹 구워 꿀을 바른 다음 그 위에 계핏가루를 솔솔 뿌려 먹었다.

불을 끄고 언니랑 나란히 누웠다.

"잘 자, 언니."

"어, 너도."

계피 냄새를 맡으니 엄마가 우리 옆에 있는 것 같았다.

다음 날부터 나는 언니하고 산책을 다녔다. 이렇게 천천히 걷는 게 가능할까 싶을 정도로 아주 천천히 걸어 보자고 내가 언니를 부추겼다. 우리는 해가 지기를 기다렸다가 느릿느릿 동네를 한 바퀴 돌았고 중간쯤에 꼭 아이스크림 가게에 들렀다. 지금 우리 형편에는 좀 과한 아이스크림이었지만 상관하지 않기로 했다. 엄마한테 교재비를 더 달라고 해야 하나 속으로 잠깐 고민하기는 했다.

"근데 언니."

나는 요거트 맛 아이스크림을 먹는 중이었다. 그리고 생각은 늘 제멋대로 흘러가 아무 데서나 멈춰 섰다.

"밀크는 어떻게 됐는지 알아?"

사실은 오랫동안 꺼내지 못한 얘기가 하나 더 있었다. 내 하얀 토끼 밀크는 코코아가 죽고 일주일쯤 있다가 사라졌다. 엄마는 코코아가 파 놓은 구멍으로 밀크도 탈출한 것 같다고, 진작 구멍을 막았어야 했다며 혀를 끌끌 찼다. 나는 엄마 말을 믿을 수 없었다. 엄마가 코코아 때처럼 또 거짓말을 하고 있다고 의심했다.

"혹시 밀크도 죽었어?"

"그러게. 밀크는 어떻게 됐지?"

언니가 엄마한테 전화해서 물어보라고 했다. 아직 엄마가 일하고 있을 시간이었다. 엄마는 일할 때 전화받는 걸 좋아하지 않았다. 중요하지 않은 일로 전화하면 화를 내기도 했다. 그래도 나는 엄마에게 전화를 걸었다. 나에게는 중요한 일이었다.

"엄마, 밀크 알지? 옛날에 우리가 키우던 토끼. 코코아는 죽었고, 밀크는 어떻게 됐어? 걔도 죽었어?"

엄마 목소리에 옅은 짜증이 섞였다.

"갑자기 뭔 소리야? 마당 집에서 키우던 토끼? 하얀 애는 그때 어디로 가 버렸잖아. 그거야 모르지. 나중에 보니까 장독대 근처에 토끼 똥이 한 무더기 있길래 꼬맹이가 장독을 타고 담을 넘었나 보다 그랬지. 걔는 왜? 아이고, 할 일들도 참 없다. 저녁은 먹었어? 왜 밥 먹을 시간에 아이스크림을 먹어? 얼른 집에 가서 밥 먹어."

엄마가 전화를 끊었다.

언니는 밀크 얘기를 듣더니 피식 웃었다.

"겁쟁이 밀크가 웬일이래?"

나는 요거트 맛 아이스크림을 조금씩 아껴 먹으며 그날 밤 일을 다시 떠올렸다. 마당에서 몸을 잔뜩 움츠리고 있던 코코아와 토끼장 안에서 밖을 내다보고 있던 밀크. 어둠 속으로 펄쩍 뛰어오르기 전, 코코아는 진짜로 밀크에게 무슨 신호를 보냈던 걸까. 뒷발로 쿵쿵, 쿵쿵쿵. 겁쟁이 밀크에게 보낸 코코아의 마지막 신호는 무엇이었을까.

엄마는 밀크가 담을 넘었을 거라고 했다. 담을 넘었다면 아마 풀 냄새를 따라 뒷산으로 깡충깡충 뛰어갔을 것이다. 산에 풀이 무성할 때였다. 하지만 밀크는 끝내 싱싱한 풀에 코를 부빌 수 없었을지도 모른다. 뒷산까지는 길이 멀고 동네에는 길고양이들이 많았다. 그래도 달라지지 않는 사실이 하나 있었다. 코코아의 죽음을 지켜본 밀크는 일주일 동안 마른풀을 열심히 먹은 뒤 코코아가 파 놓은 구멍으로 탈출했다.

언니는 내가 집에 가기 전에 깁스를 풀었다. 의사는 꽤나 신중한 사람인 듯했다. 뼈가 아주 붙으려면 시간이 더 걸린다면서 당분간 팔에 힘주는 일은 하지 말라고 했다. 설거지 정도는 해도 될 것 같은데 언니는 여전히 밥 먹은 그릇을 쌓아 두기만 했다.

마지막 날 저녁에도 우리는 같이 체조를 했다. 언니가 양팔을 쭉 뻗어 올리며 팔 운동 하는 걸 보니 내 속이 다 시원했다. 그런데 언니랑 체조를 하다 보면 자꾸만 속도가 빨라졌다. 나는 동작을 천천히 하는 걸 좋아했다. 진짜로 집에 갈 때가 된 것 같았다.

"양배추 피클 만들면 보내 줄까?"

"아니."

"알았어. 무슨 일 있으면 바로 전화해."

우리는 지하철역 앞에서 헤어졌다. 계단을 중간쯤 내려가다 돌아보니, 언니가 아직 그 자리에서 손을 흔들고 있었다. 나도 같이 손을 흔들어 주고 계단을 마저 내려갔다.

결국 문제집은 절반도 풀지 못했고 그새 앞머리가 자라 눈을 찌르고 있었다. 긴 터널 같은 여름이었다.

+ 자물쇠를 채우지 않은 날 +

박재희가 우리 가게에 나타났다.

나는 서둘러 가게 안을 살폈다. 일단 무슨 일인지 알아야 했다. 문 옆 탁자에는 철물점 아저씨가 국밥 국물을 그릇째 들이켜고 있고, 안쪽 탁자에는 똑같은 유니폼을 입은 여자 둘이 먼저 나온 깍두기 반찬을 집어 먹느라 부산했다. 주방에서는 엄마가 국물이 넘실대는 뚝배기 위에 부추를 올리는 중이었다.

박재희는 주방 앞에 똑바로 서서 나를 보았다. 소주 광고가 찍힌 앞치마를 두른 채였다. 요 며칠 내가 입고 일하던 앞치마다. 알바 누나가 갑자기 그만두는 바람에 당장 일할 사람이 필요했다. 탁자가 겨우 네 개뿐인 국밥집이지만 엄마 혼자 저녁 장사까지 하기는 힘들었다. 나는 국밥을 나르는 틈틈이 여기저기에 구인 광고를 올렸다. 갈수록 일할 사람 구하기가 쉽지 않았다. 어차피 최저 시급이라면 햄버거 주문받는 일이 훨씬 낫기 때문이다.

박재희가 뜨거운 국밥 두 그릇이 담긴 쟁반을 들고 여자들이 있는 탁자로 걸어갔다. 무겁지도 않은지 성큼성큼 발을 옮겼다. 무겁다 해도 내 알 바 아니었다. 엄마가 나를 보더니 알은척을 했다. 나는 가방을 멘 채 주방으로 갔다.

"알바 있으니까 나 가도 되지?"

"밥 먹고 가."

엄마가 손에 빈 그릇을 하나 쥐었다.

"배 안 고파."

고개를 젓고 그대로 가게를 나왔다. 진짜로 배가 안 고팠다. 종일 밥 먹을 기분이 아니었다.

중간고사 국어 점수가 나왔다. 막판까지 헷갈렸던 두 문제가 다 정답을 피해 갔다. 매번 운이 좋기를 바라는 건 아니지만, 두 문제를 모두 놓치고 나니 왠지 가혹한 대접을 받은 것 같았다. 거기다 국어 선생님이 한 말이 계속 머릿속을 껄끄럽게 했다. 선생님은 국어 점수가 유난히 낮은 애들을 다그치며 말했다.

"이 자식들아, 너희들 다 반성해. 지용이도 90점이 넘었는데 너네는 뭐 하는 거야?"

안 넘어가는 침을 억지로 삼켰다. 목구멍이 뻑뻑했다. 그래도 침을 삼키고 나면 마음이 좀 가라앉는다.

"한지용."

뒤를 돌아봤다. 언제 나왔는지 박재희가 가게 앞에 서 있었다. 어제까지 내가 입던 앞치마를 아무렇지 않게 두르고 양손을 바지 뒷주머니에 찔러 넣었다. 쓸데없이 당당한 애들은 괜히 좀 언짢다.

"나 너 때문에 여기서 일하는 거 아니다."

"누가 뭐래?"

"돈도 벌고 영어도 배우고, 그러려고 온 거야."

"누가 뭐랬냐고?"

"아니, 그냥 네가 오해할까 봐."

쓸데없이 당당한 애들이 왜 언짢은지 이유가 생각났다. 남들 생각 따위 중요하지 않다고 우기면서 결국 상황을 더 복잡하게 만들기 때문이다. 내가 오해하는 건 문제가 아니다. 다른 사람들이 오해하는 게 언제나 문제다.

더 대꾸 않고 돌아서 걷는데 뒤에서 딸그랑딸그랑 종소리가 났다. 가게 문에 매달린 종에서 나는 소리다. 박재희가 가게 안으로 들어갔다는 뜻이다. 걸음을 멈추고 고개를 돌렸다. 가게를 나오던 철물점 아저씨가 입에 이쑤시개를 물고 츱츱 소리를 냈다. 박재희는 아까 그 자리에 그대로 서 있었다. 얼결에 눈이 마주치고 말았다. 얼른 몸을 돌려 뛰다시피 걸었다. 나는 아무 생각 없이 돌아본 건데 박재희가 다르게 생각할까 봐 걱정이 됐다. 박재희가 오해하는 것도 역시 문제다.

영어를 배우러 왔다는 말이 무슨 뜻일까 생각해 봤다. 나한테 배우러 왔을 리는 없고, 아무래도 엄마 얘기를 어디서 들었나 보다. 박재희 작은엄마가 이 골목 끝에서 이불 가게를 하니까 거기서 들었을 확률이 높다. 골목 사람들은 틈만 나면 모여서 남의 얘기를 한다. 손님이 자기 가게로 몸을 들이밀어야 겨우 말을 끊고 달려간다. 나는 말 많은 사람들이 싫다.

할머니는 저번에 봤을 때보다 배가 더 부풀어 있었다. 가게 일 때문에 며칠 병원을 못 왔다. 간병인 아줌마는 나를 보자마자 할머니를 흔들어 깨우더니 핸드폰을 들고 밖으로 나가 버렸다. 할머니가 천천히 눈을 떴다.

"왔나?"

"네."

"밥 뭇나?"

"네."

나도 모르게 자꾸 존댓말이 나왔다. 할머니가 아프기 전에는 어, 먹었어, 하고 대답했다. 검게 말라 가는 할머니는 처음 보는 사람처럼 낯설고 서먹했다.

옆 침대 환자가 빨대로 요구르트를 빨아 먹었다. 쪼로록, 쪽쪽, 쪼로록. 병을 요리조리 돌려 가며 바닥에 고여 있는 것까지 남김없이 빨아들였다. 똑같은 요구르트가 할머니 머리맡에도 있었다. 할머니가 반쯤 뜨고 있던 눈을 다시 감았다.

가게 냉장고에는 일 년 내내 차가운 보리차가 떨어지지 않았다. 할머니는 돼지뼈를 끓이고 머릿고기를 삶는 동안 찬 보리차를 벌컥벌컥 들이켰다. 그러고도 성이 차지 않는 날에는 큰맘 먹고 맥주병을 따기도 했다. 나는 어릴 때 맥주 위에 떠 있는 하얀 거품이 신기해서 한참을 들여다보곤 했다. 할머니가 찻숟가락으로 거품을 떠서 내 입에 넣어 준 적도 있다. 아이스크림 맛이 날 줄 알았는데 아니었다. 내가 얼굴을 찌푸리자 할머니가 "아이고, 야 봐라." 하면서 웃었다.

보호자 침대에 걸터앉았다. 간병인 아줌마가 올 때까지만 있기로 했다. 할머니를 혼자 두고 가기가 좀 그랬다. 엄마는 의사와 얘기할 때 한국말과 영어를 섞어 썼다. 중요한 말은 꼭 영어로 되물었다. 나도 엄마 옆에서 그 얘기를 다 들었는데 뭐가 어떻다는 건지 절반도 이해하지 못했다. 그래도 한 가지는 분명히 알 수 있었다. 우리는 이제 예전으로 돌아갈 수 없다.

처음 보는 간호사가 와서 할머니 링거 줄에 주사약을 찔러 넣었다. 무슨 주사인지 말해 주지 않았다. 원래 말해 주는 것이 원칙이다. 간호사는 빈 주사기를 챙기다 말고 나를 흘낏 돌아봤다. 너 누군데 여기 있니? 무표정한 눈빛이 묻고 있었다. 아무리 자주 겪어도 익숙해지지 않는 일이 있다. 갑자기 배가 고팠다. 당장 뭐든 먹고 싶었다. 나는 할머니 머리맡에 있는 요구르트를 들고 병실을 나왔다.

엄마가 빨래를 개다 말고 물었다.

"체리하고 친해?"

무슨 말인가 3초쯤 생각했다.

"걔 체리 아니야. 재희야."

"영어 이름 체리래. 영어 잘하더라."

헛웃음이 나왔다. 영어를 얼마나 잘하는지는 모르지만, 영어 이름이라니. 유치하기 짝이 없는 일이다.

"나 걔랑 안 친해. 앞으로도 안 친할 거야."

말하자마자 후회가 됐다. 유치하기 짝이 없는 대답이었다.

언제부턴가 박재희가 자꾸 나한테 말을 걸었다. 해도 그만, 안 해도 그만인 말들이었다. 야, 오늘 급식 맛있지 않았냐? 난 미역국에 고기 말고 홍합 들어간 게 좋아. 어우, 담임 담배 냄새 짜증 나. 애들한테 압수한 담배도 자기가 다 피운대. 버리기 아깝다고. 가방 안 무겁냐? 그걸 왜 전부 들고 다녀? 사물함 뒀다 뭐 할래? 너 김태우랑 놀지 마. 완전 재수 없어. 여자애들이 걔 다 싫어해.

처음에는 그냥 응, 응, 대꾸하고 지나갔다. 딱히 친절할 이유도, 그렇다고 못되게 굴 이유도 없었다. 그런데 반 애들 눈치가 이상했다. 박재희가 김태우 고백을 거절하면서 자기는 다른 애를 좋아한다고 말한 것이 문제였다. 나는 박재희가 누구를 좋아하건 말건 아무 관심 없었다. 하지만 김태우는 아니었다. 누구 때문에 자기가 까였는지 기어이 알고 싶어 했다.

"너야?"

"뭐가?"

"재희랑 사귀는 애가 너냐고?"

"뭔 개소리야?"

김태우가 순순히 물러나 다른 애한테로 갔다. 아닌 걸 아니라고 했을 뿐인데 심장이 두 배쯤 빠르게 뛰었다. 물을 마시려고 복도로 나갔다. 절대로 그럴 일 없지만, 만에 하나 사실이었다면 나는 뭐라고 대답했을까. 김태우 앞에서 "그래, 나다. 어쩔래?" 할 수 있었을까. 나는 창밖을 내다보며 오래오래 찬물을 마셨다.

학교에는 나같이 튀는 애들이 몇 명 있다. 우리는 같지만 또 달랐다. 나는 보기 드물게 성적이 좋은 아이였다. 저번에 수학 선생님은 나를 보고 '구구단을 19단까지 외우는 나라' 출신이라 역시 다르다고 했다. 엄밀히 말해 나는 그 나라 출신이 아니고 그 나라에 대해 아는 것도 별로 없지만, 선생님 말에 토를 달지 않았다. 칭찬이라 생각하고 넘기면 아무 일도 아니었다.

엄마가 핸드폰을 들고 방으로 들어갔다. 이 시간에 엄마랑 통화할 사람은 고향에 있다는 엄마 언니 아니면 동생이다. 우리는 한밤중이지만 그곳은 저녁 식사를 마칠 때쯤이라고 했다. 엄마는 내가 알아들을 수 없는 말로 긴 얘기를 했다. 아무도 못 알아들으니 거실에서 그냥 전화해도 되는데 꼭 방에 들어가 속닥였다. 할머니 있을 때부터 몸에 밴 일이라 그런지도 모른다. 내가 몸에 밴 일들을 계속하며 버티는 것처럼 엄마도…….

방에서 작게 웃음소리가 났다. 엄마가 핸드폰 너머의 누군가와 함께 웃고 있었다. 나는 지난 몇 달간 한 번도 웃지 않았다.

가끔 거짓말을 한다. 나쁜 뜻이 있어서가 아니다. 잘 기억이 안 나기 때문이다. 멀고 흐릿해진 일들까지 굳이 아는 척하며 살 이유는 없다.

"한지용, 이거 진짜냐?"

김태우가 내 앞에 핸드폰을 들이밀었다. 화면에 자극적인 기사 제목이 떠 있었다. 다른 나라에서 일어난 사건을 보도한 기사였다. 버스에서 남자 여럿이 여자 대학생에게 끔찍한 짓을 했고, 외진 곳에 버려진 여자는 결국 사망했다. 엄마 나라에서 일어난 일이었다.

"뉴스에 나왔으면 진짜겠지."

"와, 어떻게 버스에서. 이런 일 자주 있냐?"

그걸 내가 어떻게 알아, 새꺄! 하면서 들이받을까 잠깐 생각했다. 핑계 김에 한바탕하고 나면 속이 시원할 것 같았다. 김태우도 그러고 싶어서 자꾸 내 옆을 얼쩡대는 듯했다.

"그 나라 가 본 적 없어."

문제집을 들고 교실 밖으로 나왔다. 점심시간이 거의 끝나 가고 있었다. 학습실에 갈까 하다가 운동장으로 나왔다. 체육복 입은 애들이 축구를 하고 있었다. 애들이 우르르 몰려드는 곳마다 뿌옇게 흙먼지가 일었다.

엄마 나라에 간 적 없다는 말은 거짓말이다. 나는 거기에 갔었다. 딱 한 번이었고, 초등학교 1학년 때였다.

기억은 뚝뚝 끊겨 있다. 태어나 처음 타 본 비행기에서 만화영화를 봤고 아이스크림을 먹었다. 비행기에서 내리고부터는 안 좋은 기억밖에 없다. 이마에 붉은 칠을 한 사람들이 사방에서 달려들었고, 야릇한 냄새 때문에 속이 계속 울렁거렸다. 엄마의 가족이라는 사람들을 만났을 때, 나는 종일 먹은 것을 신발 위에 전부 토하고 말았다. 거기 얼마 동안 있었는지 모른다. 잠깐인 것도 같고 아주 오래였던 것도 같다. 무슨 일이 있었는지도 희미하다. 큰 강을 본 것도 같고 좀 아팠던 것도 같다.

꽤 또렷한 기억도 있다. 다시 한국으로 돌아와 할머니를 만났을 때다. 할머니는 나를 꽉 끌어안고 괴상한 목소리로 울었다. 어으, 어으, 어으으으. 할머니가 나를 너무 세게 조여 답답했지만 꾹 참았다. 그래야 할 것 같았다. 하지만 도저히 참을 수 없는 것도 있었다. 나는 할머니 귀에 대고 말했다.

"할머니, 배고파."

그러자 할머니가 울음을 뚝 그치고 부엌으로 가 밥상을 차렸고, 나는 텔레비전을 켜고 내가 좋아하는 만화를 봤다. 그 순간 엄마는 어디에 있었을까? 기억 속에 엄마의 모습은 존재하지 않는다.

엄마는 나를 데리고 엄마 나라로 돌아갔었다. 왜 그랬는지 짐작할 수 있다. 엄마는 아빠를 따라 한국에 왔고, 아빠가 없는 한국에는 더 머물 이유가 없었다. 지금껏 풀리지 않는 의문은 엄마가 왜 다시 한국으로 왔는지에 대한 것이다. 엄마는 아빠 없는 한국으로 돌아와 할머니 옆에서 십 년 가까이 살았고, 나는 내가 여기 있는 게 당연하다고 여겼지만 처음부터 당연한 것은 없었다.

5교시 예비종이 울렸다. 나는 느릿느릿 교실로 올라갔다. 여자애들하고 몸이 닿을까 봐 벽 쪽으로 바짝 붙어서 걸었다. 오해받을 일은 알아서 피하면 된다. 그러면 된다. 김태우는 아직도 핸드폰을 들여다보며 키득대고 있었다. 몇몇 애들이 김태우를 둘러싸고 같이 웃었다. 뭘 보고 웃는지 알 수 없었다. 별거 아닌 사진 파일을 돌려 보고 있는지도 몰랐다. 남의 나라 일은 진작 다 까먹고 시시껄렁한 얘기를 지껄이고 있을 거라고 억지로 생각을 정리했다. 그래도 여전히 화가 치밀었다. 김태우 때문인지, 엄마 때문인지, 끝내 들이받지 않은 나 때문인지 분명치 않았다.

학원에 있는데 엄마한테 문자가 왔다. 학원 끝나면 가게 가서 문 닫고 집에 가라고 했다. 할머니 병원에서 또 연락이 온 모양이었다. 병원에서는 할머니 상태가 안 좋아질 때마다 엄마를 호출했다. 벌써 네 번째다. 남은 수업을 째고 가게로 갔다.

요 며칠 엄마랑 쭉 안 좋았다. 내가 먼저 시작하긴 했다. 엄마가 뭘 물어도 대답도 잘 안 하고, 작은 일에도 "어쩌라고." 하면서 짜증을 냈다. 엄마는 그럴 때마다 눈가에 힘을 주고 나를 쏘아봤다. 엄마가 입을 꾹 다물고 고집스러운 얼굴을 하면 화를 참고 있다는 뜻이다. 그걸 알면서도 번번이 문을 세게 닫고 방으로 들어갔다. 마음은 조마조마한데 자꾸만 더 뻗대고 싶었다. 나보고 어쩌라고오오! 목에 핏대를 세우고 고함을 지르고도 싶었지만 차마 그렇게는 하지 못했다.

가게는 한가했다. 어린아이를 데리고 온 아줌마가 아이 입으로 국밥을 부지런히 떠 나르고 있을 뿐, 나머지 탁자는 모두 비어 있었다. 갑자기 맥이 빠졌다. 박재희 혼자 동동대고 있을까 봐 학원에서부터 계속 뛰어왔는데, 박재희는 한 손으로 턱을 받치고 텔레비전을 보고 있었다. 나는 숨을 몰아쉬며 문가 의자에 기대앉았다.

아줌마가 아이 손을 붙잡고 가게 문을 열고 나갔다. 딸그랑딸그랑 울리던 종소리가 점점 작아지더니 더는 들리지 않았다. 이제 가게 안에는 박재희와 나, 둘뿐이다. 박재희가 팔을 길게 뻗으며 기지개를 켰다. 나는 리모컨을 들고 텔레비전 채널을 이리저리 돌렸다. 보고 싶은 프로그램이 하나도 없었다.

"너 밥 먹었냐?"

박재희가 물었다. 그러고 보니 저녁밥을 아직 안 먹었다. 박재희는 내 대답을 듣지도 않고 주방으로 들어가 국밥을 두 그릇 말았다. 나는 얼른 반찬 그릇에 깍두기를 담고 수저를 챙겼다.

아무도 없는 가게에서 박재희랑 마주 앉아 국밥을 먹었다. 나란히 앉아 먹을 수는 없으니까 어쩔 수 없이 마주 앉았을 뿐이다. 박재희는 뜨거운 국밥을 푹푹 떠먹었다. 배가 고파서 그런지 나도 밥이 잘 넘어갔다. 말없이 밥만 먹기 뭐해서 별 뜻 없이 한마디 했다.

"우리 엄마 영어, 틀릴 때 많아."

박재희가 고개 들어 나를 봤다. 내 말을 못 알아들은 듯했다.

"문법 틀릴 때 많다고."

"넌 한국말 할 때 문법 다 맞게 말하냐?"

"그거랑 같냐? 영어는 시험을 봐야 되는데."

"시험 때문에 영어 공부하는 거 아냐."

박재희의 단호한 말투가 좀 거슬렸다. 그냥 밥이나 먹을 걸 괜히 말을 시켰다고 후회했다. 그런데 박재희가 숟가락으로 국밥 국물을 휘휘 저으며 자기 얘기를 했다.

"나 학교 졸업하면 어디 좀 가려고. 캐나다나 호주, 어쩌면 유럽일 수도 있고. 일해서 돈도 벌고 여행도 할 수 있는, 뭐 그런 게 있다고 해서. 근데 영어를 잘하면 일 구하기가 훨씬 쉽대. 어차피

여행하려면 영어 좀 해야 되기도 하고."

나는 말귀가 밝아서 어딜 가도 답답이 소리는 안 들을 거라고 할머니가 그랬다. 그런데 박재희 얘기를 듣고 어리둥절했다.

"왜?"

박재희가 하는 말은 뜬구름 잡는 소리 같았다. 대학은 어쩌고, 하는 생각도 들었다. 박재희 성적이 어느 정도인지 정확히는 모르지만 성적이 별로라 해도 마찬가지다. 포기하기에는 너무 일렀다.

"내 말은, 왜 거기를 가냐고."

"특별한 이유는 없어. 그냥 가고 싶어서. 아니, 이유가 있기는 한데 뭐라고 해야 될지를 모르겠네."

박재희가 나를 똑바로 건너다봤다. 박재희 얼굴이 아주 가까이에 있었다.

"한지용, 너는 괜찮아?"

"뭐가?"

"여기서 이렇게 사는 거."

뜬금없는 질문이었다. 영어 얘기하다가 갑자기 왜 이런 걸 묻는지 모르겠다. 나는 괜찮은지, 여기서 이렇게 사는 게 괜찮은지 생각해 본 적 없다. 그거 말고도 생각해야 할 문제들이 많아서 머리가 터질 지경이었다. 박재희가 숟가락으로 깍두기를 떠서 입으로 가져갔다. 나도 다시 밥을 먹었다. 그새 국물이 다 식어 있었다.

설거지를 끝내고 나오는데 박재희가 등으로 가게 문을 밀고 들어왔다. 양손에 하드가 하나씩 들려 있었다. 길 건너 편의점에 다녀온 모양이었다.

"어떤 거?"

박재희가 하드 두 개를 내 앞에 내밀었다. 노란 포장지는 망고 맛이고 갈색 포장지는 초코 맛이었다. 나는 갈색을 집어 들었다. 박재희가 쿡쿡 웃었다.

"내가 그럴 줄 알았어."

박재희는 가끔 알아들을 수 없는 말을 한다.

"네가 망고 골랐어도 초코 주려고 했거든."

자기는 망고 맛을 엄청 좋아해서 처음부터 망고 맛 하드를 먹으려 했다는 것이다. 어처구니가 없었다. 박재희가 노란 포장지를 뜯어 하드를 한 입 깨물었다.

"우리 좀 잘 맞는 거 같지 않냐?"

"서로 다른 맛을 좋아하는데 잘 맞는 거냐? 안 맞는 거지."

"얘가 뭘 모르시네. 예를 들어 둘이서 치킨을 한 마리 시켰다고 쳐. 그런데 둘 다 다리가 좋아. 그럼 어떡하겠어? 다리 하나씩밖에 못 먹겠지. 그런데 한 사람은 다리가 좋고 또 한 사람은 날개가 좋아. 그럼 각자 원하는 부위를 두 개씩 먹을 수 있잖아. 얼마나 좋냐?"

박재희는 뭐든 자기 편한 대로 생각하는 재주가 있다. 박재희가 또 물었다.

"그래서 넌 어느 쪽?"

"뭐가?"

"치킨. 다리야, 날개야?"

"날개."

"역시! 난 다리."

서로 입맛과 취향이 다르다는 사실을 확인하고 이토록 좋아하다니, 정말 속을 알 수 없는 아이였다.

나는 친구가 많지 않다. 같은 반일 때 가깝게 지내는 애들은 있지만 학년이 올라가고 반이 바뀌었는데도 계속 연락하거나 만나는 애들은 없다.

아이들은 나한테 영어나 수학 문제 답이 뭐냐고, 어떻게 푸는 거냐고 자주 물었다. 아니면 뭘 빌려 달라거나 자기 대신 뭘 해 달라고 할 때도 있다. 나는 대체로 애들 부탁을 들어주는 편이다. 귀찮은 내색을 하거나 싫다고 거절하면 나중에 그 애를 볼 때 계속 그 생각이 나기 때문이다. 그런데 박재희는 나한테 뭘 부탁한 적이 없다. 그냥 와서 자기 얘기를 떠들다 갈 뿐이다.

너는 괜찮아? 아까 박재희가 물었던 말이 계속 생각났다. 사실은 나도 박재희에게 묻고 싶었다. 그러는 너는? 너는 어떤데? 너는 여기서 사는 게 괜찮지가 않아서 그렇게 멀리 가려는 거야?

하지만 물어볼 수가 없었다. 박재희와 내가 서로의 괜찮음을 물어도 되는 사이인지 모르겠어서였다. 까짓거 물어볼 수는 있다고 해도, 박재희가 괜찮지 않다고 했을 때 내가 해 줄 수 있는 일이 아무것도 없었다. 그건 박재희도 마찬가지였다.

슬슬 가게 문을 닫으려는데 엄마한테 전화가 왔다. 병원으로 곧장 오라고 했다. 엄마 목소리가 낮게 가라앉아 있었다. 나한테 아직 화가 안 풀려 그런 거라면 좋을 텐데, 자꾸 다른 생각이 들었다.

셔터를 바닥까지 내리고 서둘러 자물쇠를 걸었다. 그런데 열쇠가 말썽이었다. 고리를 채우면 자물쇠에 박힌 열쇠가 빠져나와야 하는데 아무리 힘을 줘도 빠지지 않았다. 몇 번이나 풀었다 채웠다 해 봤지만 마찬가지였다. 마음이 급했다. 이러고 있을 시간이 없었다.

엄마는 중환자실 앞에 앉아 있었다.

"엄마."

내가 부르자 엄마가 나를 돌아봤다. 엄마는 말없이 내 손을 잡고 유리문 옆에 달린 인터폰을 눌렀다. 곧바로 문이 열렸다. 면회 시간도 아닌데 누구냐고 묻지도 않고 문을 막 열어 주었다.

할머니 몸에 치렁치렁 달려 있던 링거 줄들이 보이지 않았다. 할머니 옆에서 뭔가를 적고 있던 젊은 의사가 우리를 보더니 뒤로 물러섰다. 엄마가 나를 할머니 쪽으로 조금 떠밀었다. 아무도 말해 주지 않았지만, 나는 알 수 있었다. 의사들로부터 마음의 준비 하라는 얘기를 여러 번 들었다. 학교에 안 가고 할머니 옆에 있기도 했다. 그때마다 아무 일도 일어나지 않았다. 그런데 이번에는 아니었다. 진짜 마지막이었다. 그러니까 뭐라도 한마디 해야 하는 순간이었다.

안녕히 가세요, 할머니. 저희는 걱정 마세요. 고맙습니다.

적당한 말이 몇 개 생각났지만 입이 떨어지지 않았다. 어떤 말을 해도 다 진심이 아닌 것 같았다. 나는 결국 뻣뻣하게 서서 할머니와 이별했다.

엄마는 검은 옷을 입고 장례식장을 바삐 오갔다. 모든 사람이 엄마를 찾았고, 이렇게 할지 저렇게 할지를 물었다. 엄마가 무슨 말인지 못 알아들으면 몇 번이고 다시 설명했다. 나는 할머니 사진 옆에 가만히 앉아 있었다. 골목 사람들이 한바탕 왔다 간 뒤로는 찾아오는 손님이 별로 없었다.

옆방에서 어이고, 어이고, 소리 내어 우는 소리가 들렸다. 할머니 사진을 올려다봤다. 할머니도 누군가 저렇게 울어 주기를 바랐을까. 내가 인사도 없이 할머니를 보내서 손자새끼 아무짝에도 소용없다고 서운해했을까.

할머니는 어린 나를 친척들 결혼식 같은 곳에 꼭 데리고 다녔다. 사람들 앞에 세워 놓고 자랑할 때도 많았다.

"니가 어디 한씨라꼬?"

"청주 한씨."

"할배 이름은?"

"한춘섭."

"느그 아부지는?"

"한정구."

나는 할머니가 묻는 말에 꼬박꼬박 답하곤 했다. 그러면 할머니가 "아이고, 내 새끼." 하면서 엉덩이를 두드려 주었고, 어릴 때는 그런 순간들이 좋았다.

내가 학교에 들어가자 할머니는 사람들한테 내 얘기를 더 자주 했다. 저 혼자 공부하는데도 맨날 백 점을 받아 온다고, 내가 한국 애들보다 훨씬 머리가 좋다고. 그런데 나는 언제부턴가 그런 말을 들어도 마음이 우쭐해지지 않고, 오히려 엉거주춤 서 있는 기분이 들었다.

밑줄 친 낱말의 사전적 의미로 적당한 것을 고르시오.

내가 지난번 국어 시험에서 틀린 문제다. 예시 상자 안에는 '끈 떨어진 뒤웅박'이라는 속담이 쓰여 있고 '끈' 밑에 밑줄이 그어져 있었다. 정답은 '② 물건에 붙어서 잡아매거나 손잡이로 쓰는 것'이었다. 나도 처음에는 ②를 골랐다가 막판에 답을 고쳤다. 여러 번 생각한 끝에 내가 고친 답은 '④ 의지할 만한 힘이나 연줄'이었다. 나 같은 아이들이 많았다. 국어 선생님이 문제 풀이를 해 주면서 ④는 비유적 의미라고, 문제에 분명 사전적 의미를 고르라고 적혀 있으니 답은 ②라고 했다.

수업 끝나고 사전 앱을 열어 봤다. 그리고 시험지를 들고 국어 선생님을 찾아갔다. 묻고 싶은 것이 있었다. 선생님, 사전에는 ② 하고 ④ 뜻이 다 적혀 있는데요. 그러니까 ④도 사전적 의미 아닌가요? 나는 교과연구실 앞까지 갔다가 되돌아왔다. 괜히 일이 커질까 봐 망설여졌다. '끈 떨어진 뒤웅박' 문제를 틀리고도 나는 여전히 국어 1등급이었다.

화장실에 가려고 나왔다. 장례식장 안에는 사람들이 많았다. 나는 검은 양복을 입은 남자들과 나란히 서서 오줌을 누었다. 나도 양복을 입고 넥타이를 맸다. 모두 검은색이었다. 손을 씻으면서 거울을 봤다. 검은 옷을 입으니 얼굴이 더 검어 보였다. 젖은 손을 바지에 문질러 닦는데 누가 어깨를 건드리고 지나갔다.

"쏘오리."

그 사람이 미안한 얼굴을 했다.

"이츠 오케이."

사람들은 내가 국어 1등급이라는 사실을 모른다. 나도 가끔 설명하기 귀찮을 때가 있다. 지금이 바로 그때다.

"체리 왔어."

엄마가 안쪽을 가리켰다. 체리는 무슨, 혼자 속으로 중얼거렸다. 박재희는 할머니 사진 아래 참 편하게도 앉아서 방울토마토를 먹고 있었다. 박재희 앞에 과일 접시와 떡 접시가 가지런히 놓였다. 안에서 편히 먹으라고 엄마가 갖다준 듯했다. 박재희가 고개 들어 나를 보더니 싱긋 웃었다. 얼핏 보면 친구 집에 놀러 온 애 같았다.

나는 박재희 맞은편에 손을 모으고 섰다. 이제 내가 왔으니 일어나서 할머니한테 절을 해도 좋다는 뜻이다. 사람들은 할머니 사진 앞에 몸을 납작하게 숙여 절을 했고, 나는 옆에 서서 그 모습을 지켜봤다. 그래야 한다고 했다. 그런데 박재희가 나를 올려다보며 말했다.

"앉아."

그래서 앉았다. 박재희가 떡 접시를 내 앞으로 슬쩍 밀었다. 같이 앉아 떡이나 먹을 상황은 아니었지만 달리 할 일도 없었다. 떡을 하나 집어 입에 넣었다. 하얀 절편이 말랑말랑했다. 박재희는 찢어진 청바지를 입고 있었다. 윗도리는 검은색이었다. 그래도 여기 오려고 신경을 썼다는 증거다. 찢어진 바지 틈새로 하얀 무릎이 보였다.

어제 박재희가 나를 버스 정류장까지 데려다주었다. 나 혼자 간다고 했는데도 계속 따라왔다. 내가 자물쇠 때문에 어쩔 줄 모르고 있을 때도 꼭 안 잠가도 된다고, 안에 가져갈 것도 별로 없으니까 그냥 가자고 했다. 다른 방법이 없었다. 나는 자물쇠를 아주 빼서 가방에 넣고 병원으로 왔다. 자물쇠는 아직도 내 가방 안에 있다.

우리는 말없이 떡을 먹었다. 흰 절편과 쑥 절편을 번갈아 먹었다. 방울토마토와 오렌지도 먹었다. 뭔가 이상한 장면이긴 한데, 생각보다 이상하지 않았다. 바깥의 사람들도 우리를 신경 쓰지 않았다.

"다 먹었다."

박재희가 나를 보며 또 웃었다. 장례식장에서 웃어도 되는지 잘 모르겠어서 나는 웃지 않았다. 박재희가 빈 접시를 손에 들고 일어나더니 할머니 사진을 돌아봤다.

"할머니, 안녕히 계세요."

결국 절은 하지 않을 생각인 듯했다.

박재희를 따라 나왔다. 계단 앞에서 잘 가라 한마디 하고 다시 들어가려 했는데, 박재희가 인사할 틈도 없이 계단을 올라가 버렸다. 어쩔 수 없었다. 1층으로 올라와 보니 밖이 깜깜했다. 하루 종일 지하에만 있어서 시간 가는 줄 몰랐다. 유리문을 밀고 나갔다. 버스 정류장까지만 같이 가 주기로 했다.

"춥다."

박재희가 어깨를 움츠렸다. 나는 아까부터 바지 주머니에 손을 집어넣고 걸었다. 나도 추웠다.

"한지용, 너 괜찮아?"

얘는 왜 자꾸 나한테 괜찮으냐고 묻는지 모르겠다. 내가 괜찮은지 아닌지가 뭐 그렇게 중요하다고 자꾸…….

박재희가 내 앞을 막아섰다.

"묻잖아, 괜찮으냐고?"

괜찮지 않았다. 언제부터인가 나는 괜찮지 않았다. 앞으로 더 괜찮지 않을까 봐 날마다 속이 졸아들었다. 이제 할머니도 없고, 엄마는 내가 알아들을 수 없는 말을 하면서 웃었다. 엄마에게는 돌아갈 고향도 있었다. 나는 아니었다. 여기서도, 거기서도 나는 괜찮지 않았다.

박재희 얼굴이 쑥 다가왔다. 어이없게도 박재희 눈에 눈물이 그렁그렁했다.

"야, 너 뭐냐?"

지금 울어야 할 사람은 나였다. 어디서 어떻게 울어야 할지 몰라 억지로 참고 있을 뿐, 나는 아까부터 소리 내 울고 싶었다. 박재희가 나를 향해 두 팔을 벌렸다. 뭔 짓을 하려는지 짐작이 갔지만 이런 큰길에서 진짜로 그러진 않겠지 싶었다. 순간 박재희가 내 앞으로 성큼 다가왔고 내 등짝에 손바닥 두 개가 가만히 와 닿았다.

가로등 불빛이 하얗게 흩어지고 사람들이 우리 옆을 지나갔다. 길가 나무에서는 붉은 잎이 몇 장 느리게, 느리게 떨어지고 있었다. 할머니에게 미처 하지 못한 말이 그제야 생각났다. 할머니가 아프고 나서부터 나는 계속 이 말이 하고 싶었던 것 같다.

할머니, 가지 마세요. 우리만 두고 가지 마세요.

갑자기 귀가 먹먹하고 가슴뼈가 아파 왔다. 누가 보든 말든 상관없다는 생각도 들었다. 나는 박재희 어깨에 얼굴을 묻고 그대로 울기 시작했다.

+ 그 뒤에 인터뷰 +

#1

그냥 아무 얘기나요? 생각나는 거 아무거나……. 근데요. 그렇게 말하면 더 어려운 거 같아요. 차라리 어떤 얘기를 듣고 싶다, 딱 정해 주면 좋은데. 뉴스에서 인터뷰하는 사람들도요, 대충 무슨 얘기 할지 미리 짜고 하는 거래요. 원래 다 그렇잖아요.

네, 맞아요. 제가 정현이 짝이에요. 뭐 대충, 친한 편이었어요. 출석 번호도 바로 붙어 있거든요. 제가 17, 정현이가 18. 어? 욕한 거처럼 들렸겠다. 아뇨, 애들끼리는 욕 많이 하는데요. 그래도 여기서는 좀 그렇죠. 다른 사람들이 볼 수도 있으니까.

제가 짝이라서 딴 애들보다는 정현이를 잘 아는데요. 정현이 진짜 괜찮은 애예요. 화도 별로 안 내고 의리도 있고. 우리가 또 의리 있는 애들을 좋아하거든요. 아, 어떤 점에서 의리가 있었냐고 물으시면……, 모든 점에서요.

#2

조금 아까 걔요. 정현이랑 별로 안 친해요. 그런데 이제 와서 갑자기 친한 것처럼 말하니까 좀 그렇더라고요. 저도 엄청 친하지는 않아요. 담임이 정현이랑 친한 사람 손 들라고 했는데 애들이 몇 명 안 들어서, 그래서 담임이 저보고 같이 가라고 했어요. 제가 반장이거든요.

솔직히 정현이, 학교에서 맨날 잠만 잤어요. 정현이만 그런 건 아니고 딴 애들도 다 그래요. 저는 나쁘다고 생각 안 해요, 애들 자는 거요. 공부 안 하고 싶은 애들까지 굳이 깨워서 앉혀 놓을 필요 없잖아요. 어차피 멍 때리고 있을 텐데 잠자는 게 백번 낫죠. 자는 애들한테 짜증 내는 선생님도 가끔 있는데 저는 그게 더 웃기더라고요. 이렇게 말하면 안 되지만, 뭐 엄청나게 훌륭한 수업도 아니거든요.

제가 정현이에 대해서 아는 게 많지는 않은데요. 정현이, 개 키웠어요. 이름이 곰순이예요. 웃기죠? 개 이름이 곰순이라니. 곰처럼 몸집이 큰 개도 아니에요. 시추 믹스라서 오히려 작은 편이죠. 네, 본 적 있어요. 정현이네 집이랑 우리 집 중간쯤에 작은 산이 있어요. 동네 사람들이 개 데리고 산책 많이 나오는 산인데, 거기서 곰순이랑 정현이 가끔 봤어요. 저도 강아지 데리고 산책

하다가요. 우리 강아지 이름은 나비예요. 웃으실 줄 알았어요. 정현이도 웃었거든요. 곰순이 오빠, 나비 언니……. 우리는 서로를 그렇게 불렀어요.

사실은 올까 말까 좀 망설였어요. 학원 핑계 대고 안 올 수도 있었는데, 그냥 왔어요. 이거 끝나면 바로 학원 가야 돼요. 지금 가도 좀 늦긴 했는데, 늦을지도 모른다고 미리 말은 해 뒀어요. 그런데 정현이가 좋아할까요? 자기 없는 데서 우리가 이렇게 자기 얘기 하는 거. 저라면 싫을 거 같아요. 누가 나에 대해서 멋대로 떠들어도 아니라고 할 수가 없잖아요. 얼마나 억울해요.

#3

그냥 동아리 친구예요. UCC 동아리라고 있어요. UCC가 뭐냐하면, 유저 무슨 콘텐츠라고. 가운데 C가 뭐였더라? 사이버? 컴퓨터? 그 비슷한 단어였는데. 그러니까 카메라로 영상 찍어서 편집까지 다 하는 동아리예요.

원래 있던 동아리는 아니고 저랑 정현이랑 새로 만들었어요. 자율 동아리 신청해서요. 우리가 붙인 포스터 보고 애들이 세 명 더 와서 진짜 아슬아슬하게 통과됐어요. 다섯 명을 못 모으면 동아리 신청이 아예 안 되거든요.

지금은 그 동아리 없어졌어요. 영상 세 개 만들고 접었어요.

아, 하나는 찍다 말았으니까 완성한 걸로 치면 두 개예요. 다들 힘들다고 해서 그만뒀어요.

그 카메라 비싸죠? 대충 봐도 비싸 보여요. 우리는 핸드폰으로 찍었어요. 요새는 핸드폰 카메라도 화질이 막 이상하거나 그렇지는 않은데, 그래도 이런 카메라하고는 비교가 안 되죠.

진짜요? 어디서 보셨어요? 에이, 그 정도는 아니에요. 편집은 좀 괜찮았죠. 찍는 건 다 같이 돌아가면서 찍고, 편집은 정현이가 했어요. 공짜로 내려받는 무슨 편집 프로그램이 있다고, 그걸로 편집 다 하고 음악도 정현이가 알아서 깔았어요.

첫 작품 찍을 때는 굉장했어요. 학교 폭력 UCC 공모전이 있었는데요. 우리가 그걸 너무 늦게 알았어요. 그래서 대본 짜서 찍고 편집하고 자막 다는 것까지 일주일 만에 해치웠잖아요. 말도 안 되죠? 15분짜리 영상을요. 그 정도면 거의 초능력을 발휘한 셈이죠. 그때 생각하면 지금도 웃겨요.

중간에 경찰이 등장하는 장면이 있었거든요. 근데 경찰 옷을 구할 수가 없잖아요. 갑자기 그걸 어디서 구하냐고요. 그래서 경찰 빼고 대신 선생님을 등장시키자 어쩌자 말로만 떠들다가 늦어서 다들 집에 갔어요. 그런데 그다음 날 어떻게 됐는지 아세요? 진짜 경찰이 와서 경찰 역을 해 줬어요. 크크크, 진짜예요.

정현이가요, 자기 집 옆에 있는 파출소에 가서 우리 얘기를 했대요. 학교 폭력 UCC 찍는다고 좀 도와 달라고. 그랬더니 파출

소장이 적극 협조하겠다고, 오히려 고맙다고 했다는 거예요. 학교 폭력을 예방하자, 뭐 그런 내용이었으니까 경찰들이 고마울 수도 있죠. 그런 거 보면 정현이가 배짱이 좀 있었어요. 저는요, 파출소 갈 생각은 아예 하지도 못했어요.

찍다가 만 거요? 파쿠르 얘기요. 파쿠르 뭔지 모르세요? 음, 이건 설명하기 좀 어려운데. 사람들이 맨몸으로 뛰어다니는 건데요. 높은 데서 뛰어내리기도 하고, 이쪽에서 저쪽으로 휙 건너가기도 하고, 우리는 두 다리로 어디든 갈 수 있다, 뭐 그런 스포츠예요. 유튜브 한 번만 보시면 바로 알 수 있는데. 되게 멋있어요. 파쿠르하는 애들 보면 얼룩말 같아요. 아프리카 초원에서 얼룩말 수백 마리가 한쪽 방향으로 우두두두두 뛰어가잖아요. 흙먼지 막 날리면서. 느낌이 거의 비슷해요.

제 친구 중에 파쿠르하는 애가 있어서 어쩌다 구경 갔었거든요. 근데 보자마자 이건 찍어야겠다 싶더라고요. 그래서 다 같이 찍기로 했는데…….

에이 씨, 정현이 없는 데서 이런 얘기 안 하려고 했는데.

처음에는 다 괜찮았어요. 정현이가 자기는 알바 때문에 촬영은 못 한다고, 우리가 찍어 오면 편집만 하겠다고 해서 그러라고 했고 저랑 나머지 애들이 파쿠르 팀 쫓아다니면서 일주일 넘게 찍었거든요. 그런데 정현이가 촬영 파일들을 보자마자 쓸 게 하나도 없다고, 대가리에 눈 없냐고, 이딴 걸 지금 촬영이라고 했냐고 성질을 부리잖아요. 씨바, 그러면 지가 와서 찍든가. 지는 돈 번다고 알바 갔으면서 남들이 힘들게 찍어 온 걸 쓰레기 취급하니까 화가 안 나냐고요. 진짜 고생 엄청 했거든요. 뛰어다니기만 해도 힘든데 우리는 핸드폰 들고 계속 찍어야 하니까. 그냥 연출해서 찍는 거랑은 차원이 다른데 잘 알지도 못하면서. 그렇게 대판 싸우고 접었어요.

아녜요. 계속 안 좋지는 않았어요. 동아리 없어지고 예전처럼 붙어 다니진 않았지만 그래도 얼굴 보면 알은체하고, 뭐 그 정도? 지금 생각하면 파쿠르 촬영 접기를 잘했다 싶어요. 뛰는 장면 찍을 때 너무 흔들려서요. 핸드 헬드, 뭐 그런 기법도 있다고는 하는데, 보는 사람 멀미 나게 흔들리니까. 짐벌이라도 하나 있으면 좋은데, 중고도 값이 무지 비싸더라고요.

이쪽 일 오래 하셨어요? 돈은 잘 벌려요? 하긴, 요새 돈 잘 벌리는 일 거의 없으니까. 저도 하고는 싶은데 재능이 있는지를 모르겠어요. 어떨 때는 있는 것 같다가 또 어떨 때는 영 아닌 것 같고. 그런데요, 저도 나중에 하나 만들고 싶긴 해요. 정현이 얘기요. 지금은 말고 나중에요. 지금은, 하고 싶지 않아요.

#4

저는 친구 아니고 사촌이에요. 나이는 같고 생일은 정현이가 몇 달 빨라요. 정현이 아빠가 저희 큰아빠예요. 우리 아빠가 정현이 아빠 동생이요. 그런데 둘이 사이가 별로 안 좋아요. 몇 년 전에 큰아빠가 우리 집에서 돈을 좀 빌려 갔는데 계속 못 갚았나봐요. 우리 아빠도 은행에서 빌린 돈이라 이자를 내야 하는데 그걸 못 내서 엄마랑 맨날 싸우고 그랬어요.

그래도 저랑 정현이는 서로 연락하고 가끔 만나기도 했어요. 정현이가 알바한 돈으로 밥도 많이 사 줬어요. 제가 돈 내려고 해도 자꾸만 자기가 내겠다고 고집을 부려서, 그래서 제가 정현이한테 그랬어요. 야, 너 안 그래도 돼. 너희 아빠가 빚졌지, 네가 빚졌냐?

정현이도 형제가 없고 저도 여동생만 하나 있어서 어릴 때부터 둘이 많이 놀았어요. 특히 할머니네 가면 하루 종일 밖에서 노는 게 일이었어요. 할머니 집이 파주거든요. 겨울방학 때 가면 추수다 끝나고 논이 텅 비어 있어요. 벼 밑동가리만 조금 남아 있는데, 논이 완전 넓단 말이에요. 근데 거기에 진짜 큰 독수리들이 와요. 서너 마리씩 오기도 하고, 수십 마리씩 떼를 지어 오기도 하고. 저랑 정현이랑 맨날 망원경 들고 독수리 관찰하러 갔어요. 독수리 바로 앞에서 본 적 없으시죠? 날개 펼칠 때 보면 깜짝 놀라실걸요. 독수리가 생각보다 어마어마하게 커요.

같이 놀아도 마음이 잘 통하는 애가 있고 아닌 애가 있잖아요. 잘 통하는 게 뭔지 말로는 설명하기 어려운데 그런 게 진짜 있거든요. 저랑 정현이는 서로 잘 통하는 편이었어요. 놀 때도 거의 싸우지를 않아서 할머니가 신기하다고, 머슴애들이 저렇게 의좋게 놀기도 쉽지 않다고, 방학 되면 할머니가 먼저 전화해서 둘이 손 붙잡고 놀러 오라 그랬어요. 우리 할머니는 맨날 우리보고 손 붙잡고 놀러 오래요. 길 잃어버린다고.

나중에 군대 갈 때도 같이 가려고 했어요. 요새는 동반 입대라는 게 있대요. 미리 신청만 하면 훈련도 같이 받고 부대도 같은 데로 갈 수 있다고, 정현이가 어디서 듣고 와서는 저한테 같이 가자고 했어요. 저도 당연히 좋다고 했죠. 혼자 뺑이 치는 것보다 낫잖아요. 의지도 되고. 근데 정현이는 이제, 군대 안 가도 되겠네요.

최근에는 몇 번 못 봤어요. 저도 학원 다니고, 정현이도 매일 알바하고 해서요. 만나면 하는 일은……. 특별히 하는 일은 없었는데. 그냥 밥 먹고 PC방 가거나 영화 보거나. 저는 그런 거 잘 안 따지는데요, 정현이가 영화는 무조건 큰 화면으로 봐야 한다고 해서 가끔 영화관에 갔어요. 근데 액션 영화 같은 걸 보면요, 저는 뭐 그냥 싸움 잘하네 이러고 마는데 정현이는 와, 저걸 어떻게 찍었냐 이래요. 예전에 정현이가 핸드폰으로 찍은 거라고 영상 몇 개 보내 줬는데 장난 아니었어요. 제 친구들한테도 보여 줬는데 다 유튜브에 올리라고 했어요.

영화 애기하니까 갑자기 생각난 건데요. 예전에 박보검 나오는 무슨 영화가 있었거든요. 원래는 청불인데 저는 친구가 파일로 줘서 봤어요. 어, 이런 얘기 하면 안 되나? 원래는 그러면 안 되는 거죠? 그러게요. 알긴 아는데, 근데 제가 정현이한테도 보내줬어요. 정현이도 좋아할 거 같아서.

혹시 보셨어요, 그 영화? 살짝 잔인하긴 해요. 거기서 박보검이 자기 아빠 빚 때문에 사채업자들한테 맨날 깨지고 당하다가 결국 좀 안 좋게 죽는단 말이에요. 근데 나중에 정현이 만났을 때 그 영화 얘기하다가 정현이가 그랬어요. 영화 보는데 소름 돋아 죽는 줄 알았다고, 아빠 빚 때문에 그렇게 될 수도 있는지 자기는 몰랐다면서. 나중에 보시면 알겠지만 그 영화 주인공이 박보검이 아니에요. 딴 사람들이 주인공이고 박보검은 잠깐 나왔다 죽고 끝인데, 정현이가 계속 박보검 생각만 난다고…….

아니다, 영화 얘기는 빼 주세요. 큰아빠가 보면 기분 안 좋을 거 같아요. 꼭 지워 주세요.

#5

아뇨, 미리 전화는 안 했는데. 그냥 오면 되는 줄 알고. 네, 밖에 좀 서 있었어요. 오래는 아니고 잠깐이요. 막상 오니까 무슨 말을 해야 할지 모르겠어서. 사람들이 이상하게 생각할 것도 같고. 저는 옛날 친구거든요.

정현이랑 초등학교 같이 다녔어요. 중학교, 고등학교는 서로 다른 데로 갔고요. 정현이 얘기는 건너 건너서 들었어요. 저나 정현이나 이 동네에 오래 살아서 한 다리만 건너면 겹치는 친구들이 많아요. 여기도 어떤 애가 말해 줘서 알았어요. 정현이에 대해서 하고 싶은 말 있으면 여기로 가라고.

정현이 어릴 때요? 음, 예전에는 정현이네 집도 괜찮게 살았어요. 아마 중학교 올라가면서부터 안 좋아졌을 거예요. 제 기억에는 그래요. 다 알죠. 애들이 귀신같이 알아요. 쟤네 집은 어느 정도 살고, 얘네 집은 어느 정도 못살고.

저희 초등학교 다닐 때 딱지놀이가 유행이었어요. 아뇨, 고무딱지요. 문구점에서 팔아요. 미니딱지 5백 원, 왕딱지 천 원. 네, 하나 가격이요. 과자 한 봉지 값이었으니까 비싼 편이었죠. 정현이는 딱지가 많았어요. 정현이 외동인 거 아시죠? 그래서 걔네 아빠가 사 달라는 거 뭐든 다 사 주고 그랬어요.

4학년 때 정현이가 저한테 딱지를 몇 개 줬어요. 그때 같은 반이었거든요. 제가 애들 딱지 치는 거 구경하고 있는데 구경만 하면 심심하다고, 해 보라고. 네, 저는 딱지가 없었어요. 처음에는 정현이가 미니딱지 세 개 줘서 딴 애랑 붙었는데 금방 따먹혔어요. 딱지도 게임이랑 똑같아요. 게임도 원래 아이템 싸움이잖아요. 딱지도 그래요. 미니딱지는요, 죽었다 깨어나도 왕딱지를 이길 수 없어요. 처음부터 아예 잽이 안 돼요.

그런데 정현이가 왕딱지를 또 두 개 줬어요. 하나에 천 원짜리를요. 지금도 그 장면이 생각나요. 정현이가 준 왕딱지 두 개로 제가 그 판에 있는 딱지들을 싹 쓸어 모았어요. 애들이 다 놀라서 뒤로 넘어갔어요. 제가 죽기 살기로 했던 거 같아요. 그래서 정현이가 나한테 준 딱지도 그 자리에서 다 갚고, 그다음부터는 제 딱지로 애들이랑 신나게 놀았어요.

근데요, 이상하게 정현이랑 딱지 붙을 때는 제가 계속 졌어요. 제가요, 일부러 세게 안 쳤어요. 그냥 그래야 할 것 같았어요. 정현이 딱지는 따먹으면 안 된다고, 앞으로는 정현이 말도 잘 들어야 한다고. 초등학교 4학년이면 그래 봐야 열한 살인데, 그 나이에 왜 그런 생각을 했는지 모르겠어요.

돈이 없으면 기분이 더러워요, 편의점에서 음료수를 하나 사 먹을 때도요. 돈 몇백 원이 뭐라고, 사실 그거 조금 아낀다고 부자가 되는 것도 아니잖아요. 저도 다 아는데, 모르지 않는데, 그래도 꼭 더 싼 걸 집게 돼요. 내가 또 싼 음료수를 마시고 있구나, 알아차리는 순간 기분이 안 좋아지고 그러면 또 혼자 막 생각해요. 나는 처음부터 이 음료수를 마시고 싶었다고, 절대 돈 아끼려고 그런 게 아니라고. 그런 생각을 자꾸 하다 보면요, 제가 처음에 뭘 좋아했는지 점점 헷갈리게 돼요. 꼴랑 음료수 하나 마시면서 별의별 생각을 다 하죠? 저는요, 돈이 없어서 뭘 못 하는 것도 화가 나는데요, 이런 게 더 미치겠어요. 내가 나를 자꾸 쪼그라들게 하는 거요.

죄송해요. 정현이 얘기 해야 되는데. 5학년 때 서로 다른 반 되고 나서는 정현이랑 잘 안 놀았어요. 반이 달라도 같이 놀 만큼 친하지는 않았나 봐요. 제가 피한 것도 좀 있고요. 불편하다고 해야 하나. 정현이는 저한테 쭉 잘해 줬어요. 떡볶이도 사 주고, 아이스크림도 사 주고. 그런데 저는 이것저것 다 얻어먹은 주제에 속으로는 정현이가 좀 별로였어요. 쟤가 왜 자꾸만 나한테 뭘 사 주나. 내가 그렇게 없어 보이나. 부끄러운 데를 들킨 것처럼……. 제가 어릴 때부터 속이 좁았어요.

그런데 얼마 전에 정현이를 봤어요. 지나가다 멀리서 본 적은 몇 번 있는데 그렇게 제대로 마주친 건 몇 년 만에 처음이었어요. 제가 남동생이 하나 있는데요, 나이 차이가 좀 나서 이제 초등학교 3학년이에요. 걔 생일날 제가 피자를 시켜 주기로 몇 달 전부터 약속을 했어요. 저는 그래도 이제 알바를 하니까, 많이는 못 주지만 가끔 용돈도 주고 그러거든요. 그날도 배 터지게 먹으라고 피자를 제일 큰 걸로 시켜 줬어요. 주문하고 조금 있다가 벨 소리가 나서 동생이 뛰어나가 문을 열었는데…….

처음에는 헬멧을 쓰고 있어서 몰랐어요. 돈 주다가 눈이 마주쳐서 알아봤는데 뭐라고 해야 할지를 모르겠더라고요. 그래서 그냥 돈 주고 정현이도 돈 받고. 정현이가 가면서 맛있게 드세요, 그랬던 거 같아요. 정현이도 저를 분명히 알아봤거든요. 그런데 끝까지 알은체를 안 했어요. 그러고 나서 동생이랑 피자를 먹는데요, 제가 웃으면서 먹었어요. 정현이 생각만 하면 가슴에 뭐가 얹힌 것처럼 답답하고 기분이 안 좋았는데, 갑자기 전부 괜찮아졌어요. 너도 나한테 들켰구나. 아무한테도 안 들키고 싶었을 텐데 나한테 들켰구나. 그러면서 피자를 먹었어요. 피자를 아주 맛있게…….

죄송해요. 이러려고 온 건 아닌데.

저는 돈 없는 것도 싫은데요. 제가 점점 이런 인간이 돼 가는 게 더 싫어요.

#6

시작해요? 저는 다른 건 잘 모르겠고요. 진짜 억울해서 이 얘기 하려고 왔어요. 스쿠터랑 사고 나면 무조건 스쿠터 잘못이라고 하는데요. 이번에는 아니에요. 가끔 이상하게 타는 애들도 있기는 한데요, 틈만 나면 칼치기하다 사고 내는 것도 맞는데요, 이번에는 아니라고요. 제 전 재산을 걸고 맹세할 수 있어요. 전 재산이요? 그렇게 많지는 않아요. 40만 원 정도? 저는요, 스쿠터 깜박이 켜고 타는 사람 딱 한 사람 봤어요. 정현이요. 왼쪽, 오른쪽, 깜박이를 켠다니까요. 그럼 말 다 했죠.

CCTV 보셨어요? 신호 바뀌고 움직인 거 확실하죠? 그러면 됐어요. 정현이 잘못이라고 저쪽에서 시비 걸까 봐 계속 신경이 쓰였어요. 그 사거리, 원래 사고 많기로 유명해요. 신호가 딴 데보다 길어서 차들이 어떻게든 달라붙어 넘어가려고 하거든요. 좌회전 신호 끝날 때 속도 빡 올려서 꺾는 차하고 직진 신호 받자마자 튀어나오는 차하고 박기 딱 좋잖아요. 정현이가 다른 차들보다 먼저 출발한 거, 그건 어쩔 수 없어요. 스쿠터가 아무래도 차보다는 가벼우니까, 신호 바뀐 거 보고 똑같이 출발해도 몇 초 빨리 나갈 수밖에 없어요. 정현이 잘못이 아니에요.

아뇨, 그렇게 오래되진 않았어요. 작년 가을에 처음 봤으니까 한 8개월? 이쪽 일 시작하면서 만났어요. 네, 배달이요. 정현이가 먼저 하고 있었고 제가 두 달쯤 늦게 들어갔는데, 사실 그때 스쿠터 탄 지 얼마 안 됐었거든요. 당연히 사장한테는 말 안 했죠. 초짜 취급 받아서 좋을 일이 뭐가 있어요. 근데 정현이 새끼가 바로 알아채더라고요. 사장 안 보는 데서 어찌나 쪼아 대던지 볼 때마다 잔소리를 하고 또 하고 또 하고.

잔소리, 뭐 뻔하죠. 골로 가기 싫으면 헬멧 써라, 신호 까고 달리다 뒤지면 보험도 못 타 먹는다, 귀찮아도 사이드미러 보는 연습 해라, 뒤 본다고 고개 돌리다 앞차 박으면 답도 없다, 돈도 없는 새끼가 왜 차 옆에 달라붙어 달리냐, 그러다 외제차 긁으면 배 속의 장기 다 팔아도 해결 못 한다. 재수는 좀 없는데 뭐 틀린 말도 아니고, 정현이 빼고는 전부 형들이라 얘기할 사람도 없고, 그러다 같이 밥 한 번 먹고 친해졌어요.

사고, 많이 나죠. 저도 일 시작하고 얼마 안 있다가 사고 한 번 났어요. 비 오는 날 미끄러져서요. 손목 뼈 금 가서 몇 주 깁스하고, 배달 세 개 업어 가던 거 다 난장판 돼서 선불한 음식값 그대로 날리고. 다행히 스쿠터는 괜찮았고요. 그 정도면 하느님 부처님이 손잡고 도와준 거라고 다들 그러긴 했는데, 그래도 그때 생각하면 아찔해요. 날씨가 좋으면 상관없는데 비 오고 눈 오면 길이 다 얼음판이라고 봐야 돼요. 도로 위에 페인트 칠해져 있는 데하고 맨홀 같은 데도요. 무조건 속도 줄이고 피해 가야 되는데, 잘못 걸리면 피해도 소용없어요.

제일 엿 같은 게 뭔지 아세요? 우리는 사고 나면 그냥 다 자기 책임이에요. 사장이 있긴 한데요. 돈 받아 처먹을 때만 사장이고 뭔 일 생기면 자기는 모른대요. 그러면서 원래 다 그렇대요. 진짜 원래 다 그래요? 아니, 내가 이해가 안 돼서요. 배달 형들도 우리 보고 맨날 그러거든요. 사는 게 만만하냐고, 가서 찌그러져 있으라고. 그럼 어른들은 도대체 왜 살아요? 사는 게 계속 억울하기만 하고 재미도 없는데, 심장 쫄려 가면서 일만 하다 죽으려고 살아요? 화내는 게 아니고요. 답답해서요.

사실은 정현이랑 가끔 술도 마셨어요. 일 끝나고 밤에요. 이런 얘기 하면 사람들이 정현이 노는 애 취급할까 봐 아무한테도 말 안 했는데, 근데 또 이런 생각이 드는 거예요. 그때 안 마셨으면 정현이는 술도 못 마셔 보고 갔겠구나. 그래도 술맛은 봤으니까 다행이다. 내가 정현이한테 해 준 게 별로 없는데요. 그래도 술친구는 해 줬어요.

배달 갈 때 학원가 앞을 자주 지나가요. 음식점들이 학원 골목에 많으니까. 우리는 콜 뜨면 음식점에 가서 받아다가 배달하거든요. 그러니까 하루에도 몇 번씩 갈 수밖에 없어요. 그쪽 길에 학원이 몇십 개가 있어서 밤 열 시 넘어서까지 애들이 진짜 많아요. 공부에 찌들어서 좀비처럼 왔다 갔다 하는 애들이요. 걔네들이 딱히 부럽고 그런 건 아닌데요. 지난번에 정현이랑 둘이 술 먹다 그런 얘기는 했어요. 딴 애들은 몇 년 지나면 다 대학 가서 여기 없을 텐데 우리는 그때도 이 시간에 여기서 배달하고 있으면 어떡하느냐고. 어떡하긴 뭘 어떡해요. 할 수 없죠.

제가 예전부터 느꼈는데요. 사람들이요, 좀 잔인해요. 공부 잘하는 애가 잘못되면 아이고 아깝네 어쩌네 난리를 치면서 우리 같은 애가 사고 나면요, 보험금 얼마 받았냐고, 그래도 부모한테 효도는 하고 갔네 그래요. 정현이가 공부 잘 못한 거 맞고요. 남들 공부할 때 배달 일 다닌 것도 맞는데요. 그래도 나는 정현이가 아까워요. 걔 인생이 아까워서 미치겠어요.

저는요, 정현이 평생 못 잊을 거 같아요.

#7

혹시 인터뷰 다 끝났어요? 네, 맞아요. 아까 왔던 반장이에요. 뭐 두고 간 건 아니고, 아직 안 끝났으면 저 얘기 조금만 더 하고 싶어서요. 그래도 돼요?

학원 하루쯤 안 가도 괜찮겠죠, 뭐. 친구가 프린트 챙겨 주기로 했어요. 엄마가 알면 뭐라고 하겠지만, 나중에 생각하려고요. 우리 엄마는요, 저보고 일희일비하지 말고 너 할 일이나 잘하래요. 일희일비가 원래 나쁜 말이에요? 하긴 기쁘다고 웃고 슬프다고 울고, 감추는 게 하나도 없으면 남들한테 좀 쉬워 보일 수는 있겠네요.

아까 제가요, 제 바로 앞에 인터뷰했던 애보고 뭐라 했잖아요. 정현이랑 별로 친하지도 않았으면서 갑자기 친한 척한다고. 그 말 취소할게요. 화가 나서 그랬어요. 모르겠어요, 누구한테 화가 났는지. 그냥 전부 다 화가 나서. 아까 걔요, 나가다가 만났어요. 요 앞 골목에서 담배 피우고 있더라고요. 그래서 제가 걔한테 가서 나도 한 대만 달라고 했어요. 아뇨, 저는 담배 피워 본 적 없어요. 걔도 깜짝 놀라서 똑같이 물었어요. 야, 너 담배 피워?

두 모금도 못 피웠어요. 숨이 막혀서요. 이런 걸 애들은 어떻게 피우나 몰라요. 정현이도 담배 피웠거든요. 학교에서 한 번 걸려서 특별 교육도 받았어요. 아까 걔랑 같이요. 크크, 둘이 친한 거 맞다니까요.

제가 더 웃긴 얘기 해 드릴까요? 우리 학교에 징계기준표가 있어요. 흡연 3회 적발이면 퇴학이에요. 근데 시험 보다가 커닝하잖아요? 그럼 사회봉사가 끝이에요. 사회봉사 다음이 특별 교육인데, 증명서 위조하거나 시험지 훔친 애들 제일 세게 받는 징계가 특별 교육이에요. 그러니까 흡연 1회가 시험지 훔친 거랑 똑같아요. 좀 어이없지 않아요? 담배 피운 애들 편드는 게 아니라요, 뭔가 기준이 이상하잖아요. 저도 몰랐어요. 정현이 때문에 찾아보니까 그렇더라고요.

정현이하고 친했나? 대답하기가 좀 그래요. 정현이는 아닌데 나 혼자 친하다고 생각할 수도 있잖아요. 그냥 제 생각이요? 제 생각에는 우리가, 친했죠. 학교 밖에서도 둘이 만났으니까요. 아니다, 넷이 만났구나. 곰순이랑 나비랑 정현이랑 저랑 넷이요.

토요일 아침에 산에 가면 정현이가 있었어요. 금요일 밤에는 늦게까지 일한다는데 그래도 꼬박꼬박 곰순이 데리고 산에 왔어요. 곰순이는 정현이가 아홉 살 때부터 키운 개예요. 정현이가 혼자라서 외롭다고 아빠가 어디서 데리고 왔대요. 곰순이, 어떻게 지내는지 모르시죠? 걱정이에요, 곰순이 때문에. 오빠 왜 안 오나 계속 기다릴 텐데.

이 사진, 정현이가 찍어 줬어요. 저하고 나비에요. 얘는 푸들이요. 똑똑하긴 한데 어리광이 많아서 혼자 오래 두면 삐져요. 사진 잘 나왔죠? 나도 내가 웃는 모습이 마음에 들어요. 제가 사진 찍을 때 잘 안 웃어요. 억지로 웃으면 더 이상하게 나와서. 보통 사진 찍을 때 하나, 둘, 셋, 하고 찍잖아요. 그런데 정현이가 하나, 둘, 셋, 넷, 다섯, 여섯, 일곱, 여덟, 계속 세는 거예요. 웃겨서 막 웃었는데 그사이에 사진을 다섯 장이나 찍었더라고요. 제일 잘 나온 거 한 장 남기고 다 지운 다음에 나한테 보내 줬어요. 뒤쪽 나무들 사이사이에 비치는 햇빛까지 생각하고 찍었나 봐요. 주위가 다 환하고 예쁘죠?

정현이가 저 찍어 준 사진은 있는데 제가 정현이 찍은 사진은 없어요. 나중에 찍어야지 그랬어요. 나도 하나, 둘, 셋, 넷, 다섯, 여섯, 일곱, 여덟, 계속 세면서 정현이 웃는 얼굴 찍어야지. 다음 주에도, 그다음 주에도 만날 거니까 그때 찍어야지. 그러다가 결국 못 찍었어요. 다른 애들이 찍은 정현이 사진은 있는데요, 내가 아는 정현이랑 좀 달라요. 나만 아는 정현이 얼굴이 있는데, 다른 애들은 모르는 얼굴인데, 그걸 못 찍었어요.

저 있잖아요, 정현이가 고백하면 뭐라고 대답할까 생각한 적 있어요. 큭, 저도 제가 웃긴 거 알아요. 그런데 정현이 눈빛을 볼 때마다 그런 생각이 들었어요. 아, 얘는 언젠가 나한테 고백하겠구나. 눈빛이요? 그냥, 그런 거 있어요. 내가 걔한테 아주 중요한 사람이라고 착각하게 만드는 눈빛. 내가 조금만 얼굴을 찡그려도 왜? 하고 바로 물어봐 주고, 아무 생각 없이 고개를 돌렸는데 나를 보고 있는 걔하고 눈이 마주치고, 다른 애들한테는 절대 안 하는 얘기 나한테만 해 주는 것 같고, 뭐 그런 순간들이요.

대답은, 결정 못 했어요. 제가 우리 엄마 닮아서 손해 보는 걸 별로 안 좋아해요. 정현이, 사실 좀 그렇잖아요. 맨날 스쿠터 타고 배달 다닌다 그러고, 대학 갈 생각도 없어 보이고, 집도 형편이 안 좋은 것 같고, 사귀면 내가 완전 손해인데 하고 생각했어요. 정현이 만나서 산책하고 얘기하고 장난치고 웃고, 그럴 때는 진짜 좋은데요, 나 대학 간 다음에도 우리가 볼 수 있을까 생각하면 답이 없어서요. 그래서 일부러 아닌 척했어요. 내 마음을 내가 모르는 척. 좀 재수 없죠? 저도 알아요.

그런데 정현이는 아니었을 수도 있어요. 짝사랑하는 애들 중에 왜, 그런 애들 있잖아요. 쟤도 나 좋아한다고 착각하고 혼자 막 진도 나갔는데 알고 보니 아니고. 진작 물어볼 걸 그랬어요. 야, 너도 나 좋아하냐? 이제는 물어볼 수도 없고 영영 알 수가 없게 됐네요. 맞아요. 그런 게 좀 쓸쓸해요. 뭔가를 다시는 할 수 없는 거요. 곰순이도 오빠를 다시는 볼 수 없고, 나도 정현이한테 다시는 아무것도 물어볼 수 없고. 잘난 척하다 망했어요.

뭐 하나 물어봐도 돼요? 이 인터뷰 왜 하세요? 사람들 기억을 다 모은다고 정현이가 될까요? 정현이가 원치 않는 기억이면 어떡해요? 사람들은 자기가 기억하고 싶은 것만 기억하잖아요. 저는 제 기억을 못 믿겠어요. 제 마음도 못 믿겠고요. 지금은 마음이 이렇지만 금방 다 잊고 또 아무렇지 않게 살아갈지도 몰라요.

일희일비하지 않고. 이런 것도 좀 쓸쓸하지 않아요?

마지막으로 정현이에게 하고 싶은 말, 없어요. 정현이한테 가서 저 혼자 말할래요. 아직 못 가 봤는데 어딘지는 알아요.

사실은요, 누구랑 정현이 얘기 진짜 하고 싶었는데 할 사람이 없었어요. 하고 나니까 좋기도 하고 슬프기도 하고 그래요. 하나, 둘, 셋, 넷, 다섯, 여섯, 일곱, 여덟. 숫자를 세면 좀 도움이 돼요. 아무 때나 울 수는 없잖아요.

이제 갈게요. 제 얘기 끝까지 들어 주셔서, 고맙습니다.

× 작가의 말 ×

고운이와 경미 이야기를 잠깐 하고 싶습니다. 두 아이를 잘 아는 이들과 잠시 인터뷰한 것이 전부지만, 여름이 다 가기 전에 아이들 이야기를 꼭 전하고 싶었습니다.

고운이는 개를 키웠습니다. 이름이 '곰순이'인데, 고운이가 집 근처 산에 곰순이를 데리고 다니며 산책을 시켰습니다. 영상 찍는 것도 좋아해서 고운이가 남긴 파일들이 많이 있습니다.

경미는 눈매가 반듯하고 말이 별로 없었지만, 전자 기타를 신나게 칠 줄 알았습니다. 연극 동아리도 했습니다. 경미 핸드폰 속에는 새로 준비하는 연극 대본이 저장되어 있었습니다.

두 아이는 2014년 4월 배를 타고 수학여행을 떠난 뒤 돌아오지 못했습니다. 우리도 4월 그날 이전의 삶으로 다시는 돌아갈 수 없었습니다.

몇 년 전, 작가들이 모여 돌아오지 못한 아이들의 이야기를 글로 기록했습니다. 고운이와 경미는 그때 제 곁으로 온 아이들입니다. 기록과 기억이 끝내 앞으로 나아가는 일임을 믿지만, 남은 이들의 아픔이 줄지는 않았습니다. 아이들을 지켜 내지 못하는 세상에서는 그 누구도 온전히 살아남을 수 없다는 깨달음이 참혹하게 남았습니다.

세상은 순식간에 나아지지 않아서 여전히 변방으로 밀려나는 아이들을 만나곤 합니다. 경계 위에 서 있는 아이들은 오늘도 불안을 견디며 걸음을 내딛습니다. 함께 살아남는 일이 이토록 어렵다면 그 많은 공부와 배움들이 다 무슨 소용일까요.

어설픈 위로도, 섣부른 희망도 차마 입에 담을 수 없어 나는 숨죽여 소설을 씁니다. 너는 괜찮아? 짧은 인사를 남기기로 합니다. 거기 있음을 아는 것이 나의 시작입니다.

올해도 어김없이 여름이 찾아왔습니다. 고운이와 경미는 모두 여름에 태어났습니다. 이 책을 두 아이에게 생일 선물로 줄 수 있어 다행입니다.

2020년 7월

진형민

수록 작품 발표 지면

곰의 부탁 _미발표작
12시 5분 전 _미발표작
헬멧 _『불안의 주파수』(문학동네, 2018)
람부탄 _『아무것도 모르면서』(서유재, 2018)
언니네 집 _미발표작
자물쇠를 채우지 않은 날 _문학웹진 〈비유〉 25호(2020년 1월)
그 뒤에 인터뷰 _미발표작

1판 1쇄 2020년 7월 27일 | 1판 9쇄 2023년 11월 27일
지은이 진형민 | 책임편집 곽수빈 | 편집 엄희정 원선화 이복희 | 디자인 이은하
마케팅 정민호 서지화 한민아 이민경 안남영 왕지경 황승현 김혜원 김하연 김예진
브랜딩 함유지 함근아 고보미 박민재 김희숙 박다솔 조다현 정승민 배진성
저작권 박지영 형소진 최은진 서연주 오서영 | 제작 강신은 김동욱 이순호 | 제작처 영신사
펴낸곳 (주)문학동네 | 펴낸이 김소영 | 출판등록 1993년 10월 22일 제2003-000045호
주소 10881 경기도 파주시 회동길 210 | 전자우편 kids@munhak.com
홈페이지 www.munhak.com | 카페 cafe.naver.com/mhdn
북클럽 bookclubmunhak.com | 트위터 @kidsmunhak | 인스타그램 @kidsmunhak
대표전화 031-955-8888 팩스 031-955-8855
문의전화 031-955-3576(마케팅) 02-3144-3242(편집)
ISBN 978-89-546-7336-5 03810

• 이 책의 수록작 일부는 작가가 연희문학창작촌에서 집필하였습니다.